novum 🔖 pocket

Fritz Ernst Schreiner

Das Geheimnis von Schloss Orth

novum pocket

Bibliografische Information
der Deutschen Nationalbibliothek:

Die Deutsche Nationalbibliothek
verzeichnet diese Publikation in der
Deutschen Nationalbibliografie.
Detaillierte bibliografische Daten
sind im Internet über
http://www.d-nb.de abrufbar.

Alle Rechte der Verbreitung, auch
durch Film, Funk und Fernsehen,
fotomechanische Wiedergabe, Tonträger, elektronische
Datenträger und auszugsweisen
Nachdruck, sind vorbehalten.

© 2010 novum publishing gmbh

ISBN 978-3-99010-043-1
Innenabbildungen: Abbildungen
1 und 2: FAST ORTH
Abbildungen 3, 20, 21, 75:
Gemeinde Gmunden
Die restlichen Bilder wurden vom
Autor zur Verfügung gestellt.

Die vom Autor zur Verfügung
gestellten Abbildungen wurden in
der bestmöglichen Qualität gedruckt.

Gedruckt in der Europäischen Union
auf umweltfreundlichem, chlor- und
säurefrei gebleichtem Papier.

www.novumpocket.com

AUSTRIA · GERMANY · HUNGARY · SPAIN · SWITZERLAND

Inhaltsverzeichnis

Vorwort 6
1. Kapitel – Der Beginn der Herrschaft Ort 11
2. Kapitel – Der Schlossbau in den Bauernkriegen ... 26
3. Kapitel – 220 Jahre Herrschaftsbesitz 1629–1848 .. 40
4. Kapitel – Johann Orth und
die Verschwörung RIOU 59
5. Kapitel – Franz Josef
und die Gründung der Hubertusstiftung 91
6. Kapitel – Die Kaiser Franz Josef
Jugendheimstiftung Hubertus 108
7. Kapitel – Hakenkreuz und Sternenbanner 118
8. Kapitel – Die Schattenseiten der Republik 129
9. Kapitel – Das Schlosshotel 144
Die Besitzer der Herrschaft
und des Landschlosses Ort 153
Abbildungsverzeichnis 156
Anmerkungen 161
Literaturverzeichnis 163

Vorwort

In einer der schönsten Gegenden Österreichs, in Gmunden am Traunsee, steht auf einer Halbinsel ein markanter, quadratischer Schlossbau, das so genannte Landschloss Ort. Es wurde schon im frühen 17. Jahrhundert auf den Resten eines Meierhofes der Herrschaft Ort errichtet. Auf einer vorgelagerten Insel in diesem tiefsten See Österreichs und mit dem Festland durch eine rund 130 m lange Holzbrücke verbunden, erhebt sich das in seinen Grundmauern aus dem 11. Jahrhundert stammende Seeschloss Ort. Dieses war der Sitz einer 750 Jahre lange bestehenden Feudalherrschaft, die das gesamte Gebiet prägte und mit der wechselvollen Geschichte dieses Bauwerks soll auch ein Stück österreichischer Vergangenheit historisch aufgearbeitet und einem interessierten Kreis zugänglich gemacht werden. Einem breiten Publikum wurde das Schloss aber in jüngerer Zeit wohl erst aus der Fernsehserie Schlosshotel Orth bekannt, wodurch es seit deren Aussendung jährlich zu einem wahren Besucheransturm in der touristisch beliebten Traunseeregion kam. Allerdings stehen die filmische Handlung und das aufgebaute Image der Schlösser doch in krassem Gegensatz zur tatsächlichen Wirklichkeit. Mangels Kenntnis der Historie verfolgten daher Politiker und Beamte erst jüngst sogar erfolglos touristische Traumprojekte und wollten sich sogar über den Schutz dieses Kulturgutes hinwegsetzen.

Die interessante Vergangenheit dieses Bauwerks spiegelt aber zugleich auch die Geschichte des Landes Österreich der letzten 1000 Jahre wider. Entstanden durch die Nutzung einer wertvollen Lage und Beweis für eine friedliche Verschmelzung keltisch-römischer Urbevölkerung mit zugewanderten Slawen und Baiern wurde es im Grunde aus Starrsinn und Machthunger sowie als Symbol einer mittelalterlichen Denk- und Handlungsweise errichtet. Es trotzte aber später in etlichen Kriegen sowie auch den stürmischen Zeiten der Aufklärung, der Industrialisierung und einem letzten Aufbäumen des Absolutismus. Trotzdem hätte es fast zum Schauplatz einer sozialen, liberalen und europäischen Wende werden können, noch bevor 2 schreckliche Weltkriege die Europäer zu dieser Einstellung brachten. Durch viele ungenützte Chancen, aber auch aus politischer Kurzsichtigkeit und nationalistischem Vernichtungswahn musste es aber schlussendlich verloren an der Bahre der Doppelmonarchie stehen. Trotzdem wurde aber das Schloss schließlich vom letzten absolutistischen Herrscher zu einer modernen und humanitären Aufgabe berufen, welche selbst die Kriegswirren und auch eine zweimalige Besetzung aushalten konnte. Dass der Übergang in ein wahrhaft freies und rechtssicheres Bestehen trotzdem noch immer nicht stattgefunden hat, ist leider auch das besondere Schicksal dieses Bauwerks, das es aber mit anderen Fällen der jüngeren Geschichte dieses Landes teilen muss.

Abbildung 1 – Landschloss Ort dahinter die Villa Toscana sowie Brücke und Seeschloss, Bild FAST Ort

Welche Bedeutung dieses Bauwerk jedoch für seine Bewohner hatte und welche Lebensumstände und fast schicksalhaften Einflüsse oft vorhanden waren, kann aber nur jemand erkennen, der selbst einige Zeit in seinen Mauern verbracht hat. Fast scheint es manchmal, als ob diejenigen, welche zerstörerisch, engstirnig und eigennützig handelten, selbst von diesen tradierten Verwünschungen getroffen wurden und so könnte man mehrere seltsame Ereignisse mit der Entstehung und Geschichte dieses Bauwerkes in Verbindung bringen. In dieser Hinsicht sollte das Landschloss Ort zugleich auch eine Mahnung für ein sorgfältiges und verantwortungsvolles Handeln seiner Besitzer, Bewohner und Besucher sein, da ansonsten der unselige Geist seines Erbauers Adam Graf Herberstorff, der auch heute noch als unheimliches Geheimnis dieses

Gebäudes präsent ist, sich doch möglicherweise wieder eines Opfers bemächtigen könnte.

Abbildung 2 – Das Landschloss Ort, links das sogenannte Stöcklgebäude, Bild FAST Ort

Gerade jene österreichische Gesinnung und Einstellung, die keine abwertenden Unterschiede zwischen Nationen, Sprachen, Religionen oder Kulturen findet, ist aber die Haltungsweise, die heute als europäisch bezeichnet wird, auch wenn sie schon seit Jahrhunderten in diesem Lande bewusst gelebt worden ist. Jüngst erfolgte Grenzöffnungen wurden von den Politikern als epochales Ereignis dargestellt und dabei vergessen, dass die Menschen noch zu Beginn des 20. Jahrhunderts von Triest nach Lemberg, von Prag nach Dubrovnik, von Bozen nach Budapest oder von Bregenz nach Sibiu ohne Pass und Grenzformalitäten reisen konnten. Selbst eine kurze Straßenbahnfahrt von Wien nach Pressburg war zu jener Zeit möglich. Leider glaubt man aber noch immer wegen kurzfristiger Erfolge, Machtgelüsten und seltsamen Standesdünkeln sich über Menschlichkeit, Verständnis und freier persönlicher Entfaltung hinwegsetzen zu können und vergisst, dass all diesen momentanen Vorteilen nur ein sehr kurzfristiger Erfolg beschieden sein kann.

Abbildung 3 – Halbinsel Ort mit Landschloss und Villa Toscana, Seeschloss auf der Insel

1. Kapitel –
Der Beginn der Herrschaft Ort

Schon zur Römerzeit befand sich ein Kastell auf der kleinen Insel im Traunsee, der damals den Namen „lacus felix" (glücklicher See) erhalten hatte. Auch am nahen Westufer des Traunsees im Bereich des Marktes Altmünster, zu dem eigentlich durch Jahrhunderte die Orter Halbinsel gehörte, gab es – wie aus Funden ersichtlich – schon unter den Römern eine Siedlung, die aber vermutlich schon seit der Keltenzeit bestanden hatte. Bereits im Jahre 909 wurde diese „Veste Ort" und 1053 abermals, damals gemeinsam mit dem Ort Gmunden, in Urkunden erwähnt und sie war schon zu jener Zeit offensichtlich für die Kontrolle des Salztransportes und den Salzumschlag samt Weitertransport aus dem uralten Salzort Hallstatt, des damals wichtigsten Salzlagers in Mitteleuropa, sehr bedeutsam.[1]

In der Zeit nach der 1. Jahrtausendwende war es aber wohl nur eine kleine, natürliche Wasserburg, die vermutlich auf den Resten eines Nonnenklosters, welches um die Mitte des 8. Jahrhunderts begründet wurde, errichtet worden war. Etwa zur gleichen Zeit waren ja auch durch den bairischen Herzog Odilo das Kloster Mondsee (748) und etwas später vom Bayernherzog Tassilo das nicht weit entfernte Kloster Kremsmünster (777) gegründet worden. Alle drei Klöster dürften vornehmlich zur Missionierung der in diesem Raum seit der Völkerwanderung ansässigen Alpenslawen, die zu dem Volk der Wenden (wie auch die Slowenen) gehörten, gedient haben. Mit dieser Missionierungs- und Siedlungspolitik konnte die Ostgrenze des Herzogtums Bayern allmählich sogar bis zum Wienerwald vorgeschoben werden. Danach aber wurde gegen Ende des 8. Jahrhunderts dieses geistliche Zentrum am Traunsee aufgrund der Einfälle von Awarenstämmen wieder aufgegeben und sogar teilweise durch diese vernichtet. Später – bis zur Mitte des 10. Jahrhunderts – hatten auch die Ungarn bei ihren Feldzügen nach Westen dieses Gebiet öfters erreicht, geplündert und ebenfalls zerstört. Nach dem Ende der ungarischen Bedrohung (955 erlitten die Ungarn eine entscheidende Niederlage auf dem Lechfeld bei Augsburg) sollten die Gebiete östlich der Enns als Markgrafschaft Ostarrichi (Ottonische Mark) unter der Führung der Babenberger politisch neu geordnet werden. Das Gebiet des Traungaues bildete aber jedenfalls im gesamten 10. Jahrhundert den Ostteil des Herzogtums Bayern, da durch die Niederlage der Bayern bei Pressburg 907 gegen die ungarischen Reiter die Enns zur Ostgrenze des bayerischen Herzogtums gegen Ungarn wurde. Hier konnten sich daher die Grafen von Lambach einen mächtigen Besitz aufbauen und waren an der Errichtung eines Frauenstiftes in Traunkirchen um 1025, wahrscheinlich als Erneuerung des Orter Nonnenklosters beteiligt. 1035 übernahmen sie zusätzlich zum Traungau auch die Markgrafschaft an der mittleren Mur.

Der Traungau – dieses Gebiet umschließt heute den gesamten Raum des oberösterreichischen Salzkammergutes sowie der anschließenden Region der Phyrn-Eisenwurzen bis zur Enns – befand sich sodann seit Mitte des 11. Jahrhunderts unter der Verwaltung Ottokars I., der vom Herzog von Baiern zum Markgrafen (1056–1064) dieses Gebietes bestellt worden war. Er und seine Nachkommen, die steirischen Markgrafen, hatten zu ihrem Stammsitz die „Stirapurch", das heutige Schloss Lamberg in Steyr, gewählt. Ottokar I. wurde nämlich als Sohn von Graf Otakar V. († 1020) und Willibirg, der Tochter des Markgrafen Arnold II. von Wels-Lambach, geboren und schon im Jahr 1048 ist Ottokar I. als Graf im Chiemgau nach seinen Vorfahren bezeugt. Nach dem Aussterben der männlichen Grafen von Wels-Lambach wurde er 1056 zum Markgraf der nördlichen Teile der Karantaner Mark, für die in der Folge nach seiner Steyrer Burg der Name Steiermark gebräuchlich wurde, ernannt. Er wurde durch seine Mutter aber auch zum Miterben der Wels-Lambacher Güter und somit ab 1056 Vogt von Lambach, von Traunkirchen, von Obermünster und von Persenbeug und war Mitbegründer des Stifts Admont.[2]

Seit 1080 ist erstmals ein Hartnidus von Ort urkundlich als Besitzer des ritterlichen Lehens Ort schriftlich belegt. Er dürfte aber bereits von diesem Markgraf Ottokar I., der als Heerführer die letzten ungarischen Horden aus diesem Gebiet nach Osten über die Enns zurückdrängte, als treuer und tapferer Gefolgsmann mit diesem Gebiet belehnt worden sein. Es gab damals wohl nur eine sehr geringe Anzahl von Bewohnern in diesem Raum, die wohl aus einer Verschmelzung der keltisch-römischen Restbevölkerung mit den slawischen Siedlern bestand und erst allmählich dürften sich weitere Zuwanderer aus dem bayrischen Raum hier ebenfalls wieder angesiedelt haben. Zu dieser Zeit musste aber bereits der mächtige Turm des Seeschlosses zumindest in seinen meterdicken Grundfesten schon bestanden haben und vermutlich gab es auch eine Brücke zu dieser Insel im Traunsee, die direkt auf diesen Turm zulief. Am Fuße des Wehrturmes findet man heute noch einen Stein mit der Jahreszahl 1055, der somit noch vor der Besitzannahme derer von Hartneid stammen könnte und vielleicht mit der Machtübernahme Ottokars I. in dieser Zeit zusammenhängt.

Abbildung 4 – Romanisches Tor des Seeschlosses im untersten Teil des Wehrturmes

Als ritterlicher Herrschaftssitz war es nicht nur Verwaltungszentrum, sondern natürlich auch ein Zufluchtsort für die am Westufer des Traunsees und in seiner näheren Umgebung lebende Bevölkerung, die hauptsächlich von der Landwirtschaft, dem Fischfang und dem Transport des Salzes zu Wasser und Land lebte. Auf Hartneid I. folgten in direkter Linie bis 1244 immer die männlichen Nachkommen, die stets den Namen Hartnidus (Hartneid) bis zum VI. dieses Namens trugen.[3] Doch bereits 1192 fiel der Traungau mitsamt dem großen Herzogtum Steiermark durch Erbvertrag an die Babenberger (vereinbart in der Georgenberger Handfeste), da Ottokar IV., der letzte Markgraf und Herzog der Steiermark aus diesem Geschlecht der Ottokare und Ururenkel des Ottokar I., kinderlos verstarb. Er war aber noch 1180 vom Deutschen Kaiser Friedrich Barbarossa zum Herzog der Steiermark erhoben worden, der das Land somit auch aus dem bayrischen Verband herauslöste. Zu diesem Zeitpunkt war der rebellische Heinrich der Löwe nämlich seiner Güter verlustig erklärt worden und die Wittelsbacher wurden damals mit einem verkleinerten Baiern belehnt.

Abbildung 5 – Der enge Aufgang zum Wehrturm

Alle Hartneids dürften hohe und ehrbare Gefolgsleute der steirischen und später österreichischen Markgrafen und Herzöge gewesen sein. Sie verwalteten dieses Herrschaftsgebiet zum Wohle der dort lebenden Bevölkerung und waren offensichtlich dem Landesherrn sehr treu gemäß den geltenden bairischen Lehens- und Landordnungen ergeben. 1244 erbte schließlich die Schwester des letzten Hartneid VI. – eines Knaben, der im frühen Alter von 13 Jahren verstarb – namens Gisela von Ort diese Herrschaft. Beider Vater Hartneid V. war nämlich Parteigänger jener steirischen und österreichischen Ministerialen, die unter der Führung der Kuenringer mit dem letzten Herzog der Babenberger Friedrich II., dem Streitbaren, in Fehde gerieten. Dies geschah vor allem deswegen, weil Friedrich ein eigenes österreichisches Landrecht ähnlich dem englischen Vorbild, der Magna Charta, für seine Länder einführen wollte, dass aber auch die großen Rechte und die hohe Selbständigkeit der alten Lehenträger beschneiden sollte. Nach der Niederschlagung des Aufstandes im Jahre 1231 wurde Hartneid V. sodann nach Wiener Neustadt in Gefangenschaft und Festungshaft gebracht, in der er dort auch 1245 verstarb.

Das Landrecht, eine Sammlung von privatem und öffentlichem Recht, wurde aber 1237 schließlich doch für alle Länder, die unter dem Einfluss der Babenberger standen, eingeführt und kann daher als Beginn einer wirklich österreichischen Identität und Selbständigkeit angesehen werden. Durch das Privilegium minus am 17. September 1156 hatte Kaiser Friedrich Barbarossa zwar bereits die Markgrafschaft Österreich zum Herzogtum erhoben und sie somit in die politische Unabhängigkeit entlassen, doch galten nach wie vor das bairische Landrecht und die deutsche Lehensordnung. Erstmals wurde somit ab 1237 auch eine gänzliche gemeinsame Eigenständigkeit dieser österreichischen Länder, die sich auf die Eigentümlichkeit dieser Mischbevölkerung und noch mehr auf ihre Gewohnheitsrechte bezog, ausgedrückt und schriftlich niedergelegt. Andererseits konnten sich damit diese Länder endlich auch aus dem rechtlichen und geistigen Zugriff

Bayerns lösen und einen eigenständigen Weg gehen. Da die Nachfolge aus Giselas Ehe mit dem Truchsess von Österreich, Adalbero von Velsberg (Rauhenstein), wieder an eine Tochter namens Elisabeth ging, kam die Herrschaft Ort somit durch Heirat und als Mitgift der Elisabeth von Velsberg in den Besitz der Herren von Winkel. Diese waren freie Gutsbesitzer von niederem Adel im Raume des heutigen Traunkirchen. In dieser ersten Zeit dürfte auch der Ausbau des Seeschlosses zu einer trutzigen Burg stattgefunden haben, von der jener erwähnte Wehrturm der älteste noch immer erhaltene Bauteil ist.

1254 trennte König Ottokar Premysl, der durch Heirat mit Margarete, der Schwester des 1246 gefallenen Friedrichs II., sämtliche Besitzungen der Babenberger übernommen hatte, den Traungau von der Steiermark, da er die übrige Steiermark an den verfeindeten ungarischen König Bela abtreten musste. Er begründete sodann erstmalig für das Land Ob der Enns (heute Oberösterreich) gemeinsam mit dem Hausruck- und Mühlviertel eine eigene Verwaltung und führte dieses mit dem Kernland Traungau durch eine landesfürstliche Struktur in die Selbständigkeit. Obwohl bereits 1261 die Steiermark wieder an Premysl Ottokar zurückfiel, blieb jedoch diese steirische Teilung aufrecht. Nach dessen Tod bei der Schlacht von Dürnkrut übernahmen sodann die Habsburger 1278 die Herrschaft auch des Landes Ob der Enns.

Abbildung 6 – Der Salzträgerbrunnen in Gmunden

Zwecks Neuordnung der Verwaltung ernannten die Habsburger in diesem jungen Herzogtum sieben landesfürstliche Städte, worunter sich auch Gmunden befand. Seit dieser Zeit wird davon berichtet, dass durch diese Stadt – die sich von einer einfachen Fischersiedlung am Traunseeabfluss (dem Gemünde) zu einer wichtigen Stadt entwickelt hatte – eine Salzmaut eingehoben werden durfte, die damals sehr einträglich für seine Bewohner gewesen sein musste. Kurz nach dieser Stadterhebung wurden nämlich auch schon Befestigungsanlagen um diese ehemals kleine Siedlung gebaut und fremder Zuzug in das Innere Salzkammergut wurde von dieser Stadt aus seitdem streng überwacht und oft sogar unterbunden. Da dieser damals von Gmunden nur mittels Schiffen möglich war, dürfte diese Kontrolle aber nicht sehr schwierig gewesen sein.

Seit 1329 gab es für das Land Ob der Enns auch bereits einen eigenen Landeshauptmann in Vertretung des Landesfürsten an der Spitze der Verwaltung, dem oftmals die Herrschaft Ort unterstehen sollte. Aber eine endgültige Trennung der Landstände der beiden Herzogtümer Ob und Unter der Enns erfolgte jedoch erst um 1450. 1344 gelangte sodann die Herrschaft Ort durch Kauf an die Brüder Friedrich und Reinprecht I. von Wallsee. Diese waren die Söhne des ersten Landeshauptmanns des Landes Ob der Enns Eberhard von Wallsee. Am 25. Jänner 1350 fällt das Seeschloss aufgrund einer Güterteilung an Friedrich von Wallsee, von dem es 1355 seine Söhne Friedrich, Wolfgang und Heinrich von Wallsee erben. Durch einen weiteren Teilungsvertrag vom 03. August 1361 wird sodann Heinrich aber alleiniger Besitzer der Herrschaft Ort. Nach seinem Tod erbt die Herrschaft sein jüngster Sohn Reinprecht II. 1422 stirbt dieser und dessen Sohn Reinprecht III. wird deren rechtmäßiger Besitzer. Ab 1450 übernimmt wieder in direkter Linie sein zweiter Sohn Reinprecht IV. die Herrschaft Ort. Mit dessen Tode 1483 erlischt jedoch das mächtige Geschlecht der Wallseer, deren Stammschloss sich im Lande Unter der Enns bei Amstetten befand und als Lehen fällt die Herrschaft Ort – wie zu jener Zeit übliches Recht – an den Landesfürsten, den damaligen Kaiser des Heiligen Römischen Reiches Deutscher Nation Friedrich III., zurück.[4]

1484 erhält sodann Gotthard von Starhemberg (Schärfenberg), zu jener Zeit auch Landeshauptmann vom Lande Ob der Enns und beheimatet im Hausruck, die Herrschaft Ort vom Landesfürsten zu Lehen. 1492 befindet sich sein Sohn Bernhard von Starhemberg und später dessen männliche Nachkommen im Besitz der Herrschaft, bis sie schließlich 1584 wieder an den Landesfürsten zurückgegeben wurde. Noch unter den mächtigen Starhembergs brannte aber im Jahre 1578 die gesamte Anlage zur Gänze bis auf die Grundmauern ab, wodurch ein neuerlicher Aufbau begonnen werden musste und vermutlich dadurch auch die Rückgabe erleichtert wurde. Die nächsten vier Jahre bis 1588 wurde sodann die Herrschaft von Herzog Ernst, dem Statthalter für Österreich und Bruder des Landesfürsten und Kaisers Rudolf II., geführt und in dieser Zeit konnte das Seeschloss zur Gänze wieder aufgebaut werden.

Abbildung 7 – Bild des Seeschlosses von 1594 im Hintergrund die Stadt Gmunden

Von den Starhembergs bis zum Revolutionsjahr 1848 war das Seeschloss aber über 460 Jahre außerdem auch der Sitz der hohen Gerichtsbarkeit für die gesamte Gegend – ausgenommen jedoch dem Gebiet der Stadt Gmunden innerhalb ihrer Stadtmauern. Davon zeugen heute noch drei sehr gut erhaltene, der ursprünglich vier Kerkerzellen, von denen eine durch „Beheizung" offensichtlich zur Einsicht stockender Sünder diente. Auch etliche Folterinstrumente, die für die sogenannte strenge Befragung verwendet wurden, im Keller des Osttraktes des Seeschlosses sowie der Hungerturm im Westtrakt sind heute noch im Originalzustand erhalten und können bei Führungen besichtigt werden.

Abbildung 8 – Der Hungerturm im Seeschloss Ort

Obwohl das Seeschloss einerseits eine äußerst günstige und kompakte Verteidigungslage hatte, war es andererseits doch auch den Kapriolen des Wetters dieser Region sehr ausgesetzt. Nicht umsonst ist dieses Salzkammergut mit Jahresniederschlägen bis zu 2000 mm auch heute noch ein an Feuchtigkeit sehr begünstigtes Gebiet. Außerdem bringt natürlich die Traun zur Zeit der Schneeschmelze zusätzlich noch große Wassermassen in den Traunsee. An den Hochwassermarken (der Rekord stammt aus dem Jahre 1594 mit fast 3 m über dem Boden) im Schlosshof lässt sich sehr leicht erkennen, dass der Traunsee oftmalig die unteren Schlossbereiche überschwemmt hatte.

Abbildung 9 – Die Wassermarken im Schlosshof, 1578 der Wiederaufbau nach Brand

In diesen Zeiten war dann nur eine Versorgung der Schlossbewohner mittels Schiffen möglich, wie auch die Abbildung 10 aus der jüngeren Geschichte um das Jahr 1910 zeigt. Infolge von Regulierungen der Traun und ihrer Zubringer, aber vor allem der Errichtung eines Wasserkraftwerkes an der Traun am Abfluss des Traunsees konnte die Gefahr von gefährlichen Hochwässern erst im 20. Jahrhundert erst wirklich gebannt werden.

Abbildung 10 – Die Versorgung des Seeschlosses bei Hochwasser

1588 gelangte die Herrschaft Ort durch Kauf an Weikhard Freiherr von Pollheim, der sie nach relativ kurzer Inbesitznahme am 06. April 1595 an die landesfürstliche Stadt Gmunden, die inzwischen durch den Salzhandel sehr reich und mächtig geworden war, weiter verkaufte. Diese übergibt jedoch den gesamten Herrschaftsbesitz am 21. April 1603 an Kaiser Rudolf II., der den Salzamtmann Veit Spindler als Pfleger von Ort einsetzte. Der Grund lag wohl in einer strengen Widmung der umliegenden Forste der Herrschaft zum Vorbehalt der Holznutzung für die Salzproduktion durch sogenannte landesfürstliche Forstregale, wodurch eine wirtschaftliche Führung nur eingeschränkt möglich war. Im Jahre 1553 erließ nämlich schon Kaiser Ferdinand I. eine Bergordnung, in der alle Hoch- und Schwarzwälder (Nadelwälder) im Bereich von Bergwerken als landesfürstliches Kammergut erklärt wurden, und diesen unabhängig von den Eigentumsverhältnissen zur Verfügung stehen mussten. Bedingt durch Geldnöte der Landesfürsten und Kaiser wurden aber auf diese Herrschaften immer wieder hohe Geldschulden verpfändet, doch andererseits war gerade diese Herrschaft Ort – wie die diversen Besitzverhältnisse in diesen Zeiten zeigten – landespolitisch immer von höchster Bedeutung. Nach Rudolfs Tod wurde dessen Bruder Matthias 1612 Kaiser und zugleich als Landesfürst Besitzer der Herrschaft Ort, dem nach seinem Tod 1619 Kaiser Ferdinand II. folgte.

2. Kapitel – Der Schlossbau in den Bauernkriegen

1618 begann mit dem Prager Fenstersturz der Dreißigjährige Krieg, der eine verwirrende Abfolge von Kriegshandlungen nach sich zog. Nahezu halb Europa war damals in ihm verwickelt und vor allem im mitteleuropäischen Raum starb in manchen Landesteilen nahezu die Hälfte der Bevölkerung. Am meisten musste aber die Landbevölkerung darunter leiden, da sie der Willkür der Söldnerheere hilflos ausgeliefert war und zumeist durch beide Kriegsparteien drangsaliert wurde. Brachliegende Felder, niedergebrannte Gehöfte und leere Ställe blieben oftmals zurück, wenn die Soldaten wieder abrückten.

Zu Beginn des Jahres 1626 kämpften die Bauern bereits im sechsten Kriegsjahr im Land Ob der Enns gegen die bayrischen Besatzer und für die Beibehaltung ihres protestantischen Glaubens, doch die großen Schlachten der Bauernkriege sollten noch bevor stehen. Kaiser Ferdinand im fernen Wien hatte, um vor allem seine Kämpfe gegen die aufständischen, protestantischen böhmischen Stände fortführen zu können, das ganze Erbland Ob der Enns an die Bayern 1620 verpfändet. Neben der schrecklichen wirtschaftlichen Lage der Bauern, denen weder Wald- und Weidebesitz zugestanden wurde noch das Recht auf Fischfang und Jagd, die aber immer mehr Frondienste leisten mussten und immer höhere Abgaben an die Herrschaften abführten, war auch die Religionsausübung in höchster Gefahr. In den wenigen Jahrzehnten seit der Reformation hatte sich doch fast die gesamte Bevölkerung schon den Lehren Martin Luthers angeschlossen.

Aber der neue bayrische Statthalter Adam Herberstorff, ein Mann von lediglich niederem Adel, der die Herrschaft Ort aber 1625 auf seinen Wunsch vom Kaiser als Grafschaft übertragen bekommen hatte und vom Seeschloss aus regierte, betrieb eine grausame Rekatholisierung im Lande Ob der Enns. Herberstorff wurde durch den bayrischen Herzog Maximilian I., der später sogar zum Gegner des kaiserlichen Generals Wallenstein werden sollte, zum Statthalter des Landes Ob der Enns erklärt. Knapp zuvor hatte er noch die Witwe des Marschalls Veit von Pappenheim geheiratet, wodurch er auch auf militärische Unterstützung durch seinen bekannten, nunmehr angeheirateten militanten Schwager Gottfried Heinrich von Pappenheim hoffen durfte. Alleine daraus kann man bereits ersehen, dass er lediglich ein sehr ehrgeiziger, habgieriger und selbstsüchtiger Mensch gewesen sein muss, der nur auf seine persönlichen Vorteile und seine Karriere bedacht war.

Abbildung 11 – Graf Herberstorff erfährt bei einer Besprechung vom Bauernaufstand

Alle Darstellungen aus den Bauernkriegen wurden auf Wunsch Erzherzog Johann Salvators durch den Maler Strahlhalm um 1878 angefertigt und gestalteten die Büroräumlichkeiten aus.

Seine Unehrenhaftigkeit zeigte sich unter anderem dadurch, dass er auf dem Haushamerfeld bei Frankenburg das „Frankenburger Würfelspiel" durchführen ließ. Dies geschah deshalb, da protestantische Bauern 1625 wegen der gewaltsamen Einsetzung eines katholischen Pfarrers das Schloss Frankenburg belagerten und Herberstorff, trotz vorher zugesicherter Gnade und Vergebung nach einem Abzug, danach jedoch evangelische Gemeindevorstände gefangen nehmen und jeweils zwei um ihr Leben würfeln ließ. Das Henken von 17 Bauern löste dann schlussendlich die großen Bauernkriege 1625/26 aus. Allein gelassen und wahrlich verkauft von ihrem Kaiser und Landesfürsten erhoben sich die rechtschaffenen Bauern in großer Zahl und folgten ihren Führern Stefan Fadinger und Christoph Zeller. Die Anfangserfolge des Bauernheeres waren wohl erstaunlich, doch nach der Eroberung von einigen Städten wie Freistadt oder deren kampfloser Übergabe wie bei Wels oder Steyr im Frühjahr 1626 wendete sich aber das Kriegsglück.

Abbildung 12 – Das Frankenburger Würfelspiel

Am 26. und 27. Mai 1626 versuchten Bauern aus dem Traungau die Trutzburg im Traunsee einzunehmen und sie konnten diese auch aufgrund einer nur geringen Besatzung erobern. Graf Herberstorff weilte zu diesem Zeitpunkt schon in Linz, um dort persönlich den Abwehrkampf um die Landeshauptstadt zu leiten. Nachdem die Bauern Feuer gelegt hatten, um den Sitz des verhassten Herberstorff abzubrennen, kam jedoch einer dieser heftigen Salzkammergutregen auf und löschte den Brand, der aber trotzdem einigen Schaden verursachte. Die Tiefgläubigen unter den Aufständischen sahen darin sogar einen Willen Gottes, dass nicht fremdes Gut mutwillig zerstört werden möge. Trotz ihres billigen Sieges zogen die Bauern aber nachdenklich von Ort ab. Bald darauf fielen jedoch die Bauernführer Fadinger und Zeller bei der Belagerung von Linz im Frühsommer 1626. Der bayrische General Graf Pappenheim und der kaiserliche Obrist von Löbl führten nämlich eingespielte Reiterheere, deren die nur schlecht ausgerüsteten und meist lediglich zu Fuß kämpfenden Bauernscharen unterliegen mussten. In kurzer Zeit konnten daher die eroberten Städte von den kaiserlichen Truppen wieder zurückgewonnen werden. Doch am 29.08.1626 musste auch die Belagerung von Linz unter dem neuen Bauernführer Achaz Wiellinger wegen der schon zu großen Verluste des Bauernheeres abgebrochen werden.

Abbildung 13 – Der Brand des Seeschlosses im Mai 1626

Gmunden war jedoch noch immer in bayrischer Hand und die wohlhabenden Bürger innerhalb der Stadtmauern, die immer auf der Seite der Mächtigen standen und naturgemäß auch Angst um ihren Reichtum und ihren großen Einfluss hatten, fürchteten nichts mehr als einen Kampf um diese Stadt. Die reiche Salzmetropole durfte nicht in die Hände der Aufständischen gelangen und Graf Herberstorff hatte auch das Seeschloss, den uralten Sitz der Herrschaft Ort, nach der Eroberung im Mai in eine fast uneinnehmbare Festung durch raschen Ausbau der hölzernen Wehrgänge umbauen lassen und mit einer starken kombinierten kaiserlichen und bayrischen Besatzung verstärkt.

Abbildung 14 – Die Bürger am Rathausplatz von Gmunden in den Bauernkriegen

Am 20.10.1626 erhoben sich jedoch die Bauern aus dem Traunviertel nochmals und zogen gegen die Herrschaft. Unter der Umgehung von Gmunden, welches schwer befestigt war und in dessen Stadtmauern sich eine Hundertschaft bayrischer Söldner aufhielt, sollte das Festungsschloss im See abermals gestürmt werden. Zu allem entschlossen bewegte sich eine Schar von rund tausend Bauern, die sich in Rutzenmoos und Regau gesammelt hatten, gegen Ort vor. Es sollte ein Überraschungsangriff werden und schon konnten sie die Halbinsel Ort mit dem vorgelagerten Schloss im Traunsee erblicken. Obwohl sie die Deckung des Waldes ausnutzten, wurden aber die Angreifer erspäht. Schnellstens wurde Alarm im Seeschloss geblasen und im hölzernen Wehrgang nahmen die Bayern ihre Stellung ein. Etwa 60 Schützen wurden landseitig vor dem Meierhof postiert, um den ersten Angriff abzuwehren. Als die Angreifer die nassen Wiesen des Wirtschaftshofes betraten, wurden sie von einer Salve aus Radschlossgewehren empfangen. Die lediglich mit Hieb- und Stichwaffen ausgerüsteten Bauern stürmten jedoch weiter vor und eine zweite Salve löste eine noch größere Verwirrung bei den Angreifern aus. Nachdem sich die Bauern wieder gesammelt und trotzdem weiterhin vorwärts liefen, zogen sich die Bayern in den landseitigen Meierhof zurück. Trotz erbitterter Gegenwehr und unter hohen Verlusten mussten sie auch diesen räumen und die Reste des Soldatenaufgebots konnten sich über die Brücke zurückziehen. Die nachdrängenden Bauern wurden jedoch, als sie die Bayern verfolgen wollten, abermals von Gewehrsalven – diesmal vom Wehrgang, der das Seeschloss vollständig umschloss – gestoppt und verschanzten sich in den Gemäuern des Meierhofes. Um die Mittagszeit – nach einer notdürftigen Versorgung der vielen Verwundeten – ruhte das Kampfgeschehen. Die Schar der Angreifer beriet das weitere Vorgehen und die meisten dachten vorerst an eine Belagerung des Schlosses. So hielt man sich einige Tage in den Mauern des Meierhofes auf und versuchte eine größere Schar von Bauern für einen letzten Angriff auf das Schloss im See zu gewinnen.

Abbildung 15 – Eine Kampfszene aus den Bauernkriegen

Dieser Plan wurde aber schließlich verworfen, da den Bauern zum Abschneiden des Nachschubes zum Schloss keine geeigneten Mittel zur Verfügung standen und die Schlossbesatzung problemlos weiterhin von Schiffen aus Gmunden versorgt wurde. Außerdem war man den Gewehren der Verteidiger bei einem Angriff zu sehr ausgeliefert, egal ob man die Holzbrücke zum Seeschloss abbrannte oder nicht. Auch kamen bereits Nachrichten, dass eine Abordnung bayrischer Reiter einen Ritt auf Gmunden zur Befreiung des Schlosses startete. In dieser Situation räumten die Belagerer am 24.10.1626 den Meierhof und brannten die restlichen noch verbliebenen Teile und Mauern nieder. Die Letzten dieser Aufständischen wollten sich im benachbarten Pinsdorf mit allen übrigen Bauernschaften vereinigen. Fast zur gleichen Zeit trafen nun viele weitere Bauernscharen in diesem Ort bei Gmunden zusammen. Vorerst mussten noch die Verwundeten gepflegt werden, und es zeigten sich auch schon große Abnutzungserscheinungen bei den nicht kriegsgewöhnten Bauern. Die Reiter Pappenheims, die in einem Eilritt von Eferding, wo sie am 09.11.1626 einen vernichtenden Sieg gegen andere Bauernscharen gefochten hatten, herbei ritten, trafen ebenfalls zu dieser Zeit ein. Somit kam es am 15.11.1626 zu einem sehr grausamen und unerbittlichen Kampf, bei dem die Bauernarmee schwerste Verluste erlitt. Rund 2000 aufständische Bauern sollen damals den Tod gefunden haben.[5]

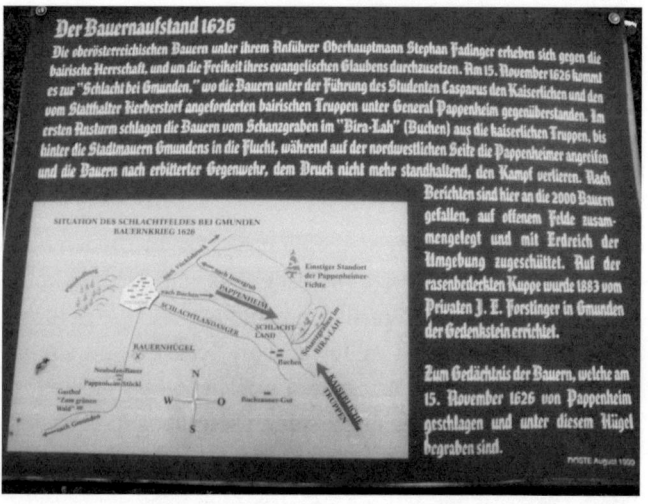

Abbildung 16 – Eine Gedenktafel am Bauernhügel in Pinsdorf

Ein Denkmal auf dem „Bauernhügel" in Pinsdorf erinnert heute noch an diese letzte große Schlacht zwischen den Bauern und den bayrischen Besatzern. In Gmunden aber wurde später eine heute noch stehende Erinnerungssäule wegen Verschonung von den Bauernkriegen aufgestellt.

Abbildung 17 – Der Bauernhügel in Pinsdorf

Mit dieser Niederlage konnte das alte Herrschaftssystem wiederhergestellt werden und alle die nicht katholisch werden wollten, wurden des Landes verwiesen. Lediglich im Inneren Salzkammergut um Goisern und Hallstatt konnten sich die Evangelischen aufgrund der Abgeschiedenheit des Gebietes behaupten. Im Jänner 1627 gab es Waffenstillstandsverhandlungen und etliche Bauernführer, darunter auch Wiellinger wurden daraufhin hingerichtet. Graf Herberstorff ließ sich vom Kaiser in Wien zu diesem Sieg gratulieren und erhielt auch das Recht, sich statt des abgebrannten Meierhofes ein stattliches Schloss von den Bauern in Fronarbeit errichten zu lassen. Es wurde auf dem festen, großteils felsigen Boden der Halbinsel genau gegenüber dem Seeschloss erbaut und war nur im linken vordersten Teil unterkellert. Es wurde lediglich auf 3 Seiten mit einem Stockwerk errichtet, wobei die 3 Stiegenaufgänge nur hofseitig angebracht wurden. Die Westseite war damals als Pferdestallung und für den Vorratsbereich gedacht. Das Bauwerk sollte außer dem Erdgeschoss an der Vorderfront (Verwalterbereich und Kanzlei) sicherlich den gehobenen Bediensteten der Herrschaft als Wohnstätte dienen.

Abbildung 18 – Graf Herberstorff zeigt auf die Reste seines verbrannten Meierhofes

Nach kaum zweijähriger Bauzeit wurde bereits 1628 dieses Gebäude fertig gestellt, samt einer kleinen Schlosstaverne (heute Stöcklgebäude). Doch selbst darum ranken sich einige Legenden und Erzählungen. Während des Baues dürfte es schon zu einem versuchten Mordanschlag auf Adam Graf Herberstorff gekommen sein. Ein junger Bauernsohn, dessen Vater noch durch die Bayern umgebracht worden war, wollte den Statthalter erdolchen, doch konnte er diesen dabei nur schwer verletzen. Der Statthalter überstand jedoch dieses Attentat und quälte seine arme Bauernschaft danach umso ärger. Er überlebte zwar den Anschlag um mehr als ein Jahr, doch erholte sich seine geschwächte Gesundheit nicht mehr.

Abbildung 19 – Der Anschlag auf Graf Herberstorff, rechts der flüchtende Bauernsohn

Auf der Brücke zum Landschloss brach Adam Graf Herberstorff schließlich am 13. September 1629 im 44. Lebensjahr an den Folgen eines Gehirnschlages tödlich zusammen.

Vierteilen, Henken oder Verstümmeln waren die Strafmaßnahmen des Statthalters und die Verließe mitsamt Hungerturm sowie die Gefängniszellen könnten heute noch im Seeschloss von diesen Gräueltaten erzählen. Die Flüche und Verwünschungen der dort geschundenen Bauern sollen angeblich bis heute noch in ruhigen Nächten zu hören sein und angeblich muss auch einer Legende zufolge die Seele des Herberstorff bis zu seiner Erlösung in den Tiefen des Traunsees verweilen. Nur selten darf sie von dort auftauchen und streut dann weiterhin Unglück, Zwietracht und Verderben unter die Personen, die sich fürsorglich, aufrichtig und verständnisvoll zeigen. Ihr Auftauchen kommt dabei oft unvermutet wie bekanntlich bei den gefürchteten Viechtauer Sturmwinden aus dem See, aber manchmal auch aus dem im Schlosshof gebauten Brunnen. So wurde aus dem ehemaligen lacus felix, dem glücklichen See, wie ihn die Römer nannten, ein Zufluchtsort der Zerstörung und Zwietracht, dem nur durch Menschlichkeit und Güte begegnet werden kann. Das Landschloss ist noch immer ein Gebäude, in dem sich keine Kapelle befindet, und die spätere schicksalhafte Vergangenheit kommt diesen Sagen daher sehr entgegen. Herberstorffs Leichnam wurde in der Kirche von Altmünster, welche damals die Pfarre von Ort war, in einem Epitaph zur letzten Ruhe gebettet. Im Seeschloss Ort ist im so genannten Wappensaal eine Ahnengalerie derer von Herberstorff und derer von Pappenheim abgebildet.

Abbildung 20 – Der sogenannte Palas im Seeschloss, Bild Gemeinde Gmunden

Abbildung 21 – Der Wappensaal im Seeschloss, Bild Gemeinde Gmunden

3. Kapitel – 220 Jahre Herrschaftsbesitz 1629–1848

Nach dem Tode von Adam Graf Herberstorff im September 1629 führte seine Witwe Maria Salome die Herrschaft noch einige Jahre weiter. Sie verkaufte diese aber sodann an ihren bayrischen Schwiegersohn Wahrmund Graf von Preising am 11. Mai 1634. Der unmittelbare Anlass mag wohl ein neuerlicher Brand des Seeschlosses gewesen sein, welcher im Zuge einer weiteren Revolte der Bauern gelegt worden war. Beide Schlossdächer waren und sind auch heute noch in drei Lagen mit Lärchenschindeln gedeckt und ansonsten gab es damals sicher auch genügend brennbares Material wie den hölzernen Wehrgang, der ebenfalls mit abbrannte. Im August 1632 kam es nämlich zu einer neuerlichen Bauernerhebung unter dem protestantischen Prediger Jakob Greimbl im nahen Peuerbach, weil die Anhänger Luthers entweder zum katholischen Glauben übertreten oder auswandern mussten. Kurz darauf erfolgte durch die aufgebrachten Bauern ein Brandanschlag auf das verhasste Seeschloss Ort und sodann die Besetzung des Ortes Vöcklabruck am 07. September 1632. Bestärkt durch diesen Erfolg wurde die Schar der Aufständischen sehr rasch größer und zog weiter Richtung Donau. Erst Mitte Oktober wurde die etwa sechstausend Mann umfassende Bauernschar wieder bei Eferding, diesmal allerdings entscheidend und endgültig durch bairische und kaiserliche Truppen geschlagen, worauf wiederum besonders grausame Strafgerichte folgen sollten.

Wahrscheinlich gab es in diesen Jahren auch ein im Landschloss tagendes sogenanntes Reformationsgericht, an welches heute noch die beiden Wandmalereien, die die personifizierten Eigenschaften Glaube und Gerechtigkeit darstellen, erinnern. Sie sind im rechten Gang vor der Verwaltungskanzlei des Landschlosses zu sehen. Bei diesem Gericht konnten die Protestanten feierlich ihrem Glauben entsagen und wurden danach nur mit geringeren Strafen belegt. In der Schlosskapelle konnte man schließlich erst 1952 während Renovierungsarbeiten Freskenfragmente aus dem Jahre 1634 freilegen, auf welchen die Kirchenväter dargestellt sind. Diese Ausgestaltungen dürften somit schon unter Wahrmund Graf von Preising nach der Brandkatastrophe und dem zweiten Bauernaufstand beim neuerlichen Wiederaufbau vorgenommen worden sein. Der Wehrgang des Seeschlosses wurde damals allerdings nicht mehr erneuert und seine Piloten aus Lärchenholz sind noch heute rund um die Insel im klaren Wasser des Traunsees zu sehen, da das Holz unter Wasser keinerlei Schädlings- oder Pilzbefall ausgesetzt ist und somit konserviert ist.

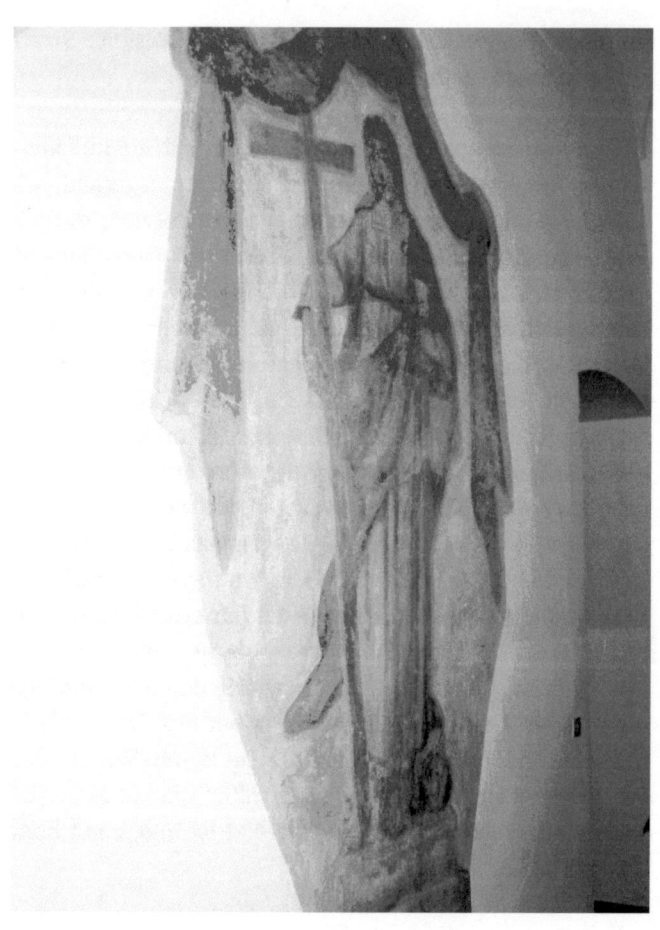

Abbildung 22 – Der Glaube

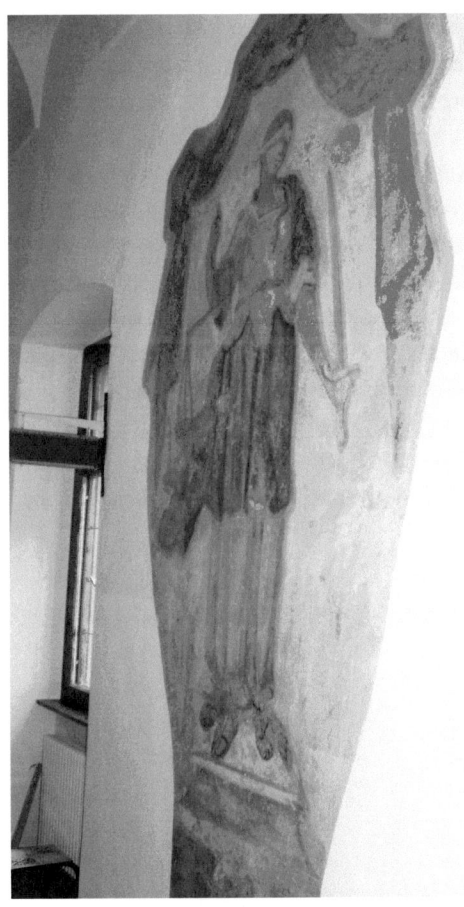

Abbildung 23 – Die Gerechtigkeit

Mit dem Ende des 30-jährigen Krieges stand die Gegenreformation auf ihrem Höhepunkt in Österreich. Ganz Oberösterreich war wieder katholisch geworden und mehr als hunderttausend Menschen mussten danach in jene Länder auswandern, deren Herrscher den protestantischen Glauben erlaubten. Aber um die Bedeutung der Herrschaften und Landstände zu brechen, die zum großen Teil die Reformation sogar mitgetragen hatten, hielt nun ein finsterer Absolutismus Einzug in Österreich. Der Kaiser stützte sich dabei weiter zwar auf eine starke Armee, den Hofadel und die katholische Kirche, wobei zusätzlich ein streng hierarchisches und starres Verwaltungssystem aufgebaut wurde. Ein bürokratischer Absolutismus entstand somit zusätzlich in Österreich, der offiziell nahezu zwei Jahrhunderte bis 1848 dauern sollte, aber möglicherweise in diesem Lande sogar bis heute als „absoluter Bürokratismus" überdauert hat. Ganz im Sinne des mittelalterlichen Lehenwesens wurden seitdem die Herrschaften je nach politischer oder wirtschaftlicher Lage an andere, oftmals auch an bestimmte Ministeriale – also sehr hohe Beamte – weitergegeben.

Abbildung 24 – Der Gang im Obergeschoß

Abbildung 25 – Der Innenhof mit Wehrturm

Durch das Ende der Bauernkriege und vor allem ab dem Westfälischen Frieden von 1648 begann jedoch auch der allmähliche wirtschaftliche Niedergang Gmundens. Dieser Ort, welcher der zentrale Umschlagplatz aller Salzlieferungen aus dem kaiserlichen Kammergut gewesen war und auch der Kammerhof, der Sitz des landesfürstlichen

Salzamtes für ganz Österreich verloren ob diesen politischen Umwälzungen ihre wirtschaftlich herausragenden Stellungen. Andere Salzquellen erlangten in Europa große Bedeutung und auch der Verlust an Arbeitskräften infolge der ausgewanderten Protestanten wirkte sich nachteilig aus. 1648 fällt die Herrschaft im Erbwege an den Sohn Preisings, Johann Albrecht, der somit noch ein Enkel Herberstorffs war.

Abbildung 26 – Die Fresken in der Kapelle des Seeschlosses aus dem Jahr 1634

Im Jahre 1654 wurde auch vom Salzoberamt jenes legendäre Verbot erlassen, „**dass keiner Person erlaubt sein soll, sich im Cammergut** – also dem Gebiet vom Ausseerland bis Ebensee – **niederzulassen**". Von diesem Graf Preising, der zwar nur selten in Ort residierte, aber weiterhin die nicht geringen Einkünfte von der Herrschaft bezog, kaufte diese der österreichische Adelige Georg Sigismund Graf Salburg, der aus dem nicht allzu weit entfernten Steyrtal stammte, am 01. Mai 1658. Er und ab 24. Februar 1662 auch seine beiden Söhne und Erben Gotthard Heinrich und Franz Ferdinand begannen die doch schon mitgenommene Bausubstanz des Seeschlosses im Stil der damaligen Zeit zu erneuern. Sie ließen die Kapelle und auch den Schlosshof mit den Arkaden in ihrer heutigen frühbarocken Form nach der Zerstörung durch die Brandkatastrophe von 1632 umbauen und erweitern. Außerdem wurde eine größere Steinschlichtung rund um das Seeschloss errichtet, wohl um es zusätzlich vor den direkten Wellen des Traunsees zu schützen. Heute ist diese ein Rundweg um das Schloss und auch mit Obstbäumen und Pflanzen bewachsen.

Abbildung 27 – Der Innenhof des Seeschlosses nach dem Umbau von 1670

1689 kaufte schließlich Kaiser Leopold I. die Herrschaft als landesfürstlichen Besitz wieder zurück. Bis zu diesem Zeitpunkt galten allerdings noch immer die Vertragsbedingungen aus dem Kaufvertrag mit Graf Herberstorff, in denen die Fischlieferungsverpflichtungen an den Hof, das Jagdrecht zugunsten des Landesfürsten in allen Forsten und das Vorverkaufsrecht des Kaisers beinhaltet waren. Die Herrschaft wurde seitdem vom Gmundener Salzamt durch einen Pfleger, der unmittelbar dem Salzamtmann von Gmunden unterstand, mitverwaltet. Im Jahre 1700 wurde dann nochmals eine Hofanweisung erlassen, diese Gegend des Salzkammergutes von „Überfüllung" (weiterem Zuzug durch Ortsfremde) freizuhalten. Durch 160 Jahre konnte danach die Herrschaft Ort nun als landesfürstliches Anwesen am Tor zum Salzkammergut bestehen, wobei der Hauptgrund für den Erwerb durch den Landesfürsten der Holzreichtum des Gebietes zur Bedarfsdeckung in der Salzproduktion gewesen war. Der Holzbedarf für die Salzbergwerke und Soleleitungen, aber auch die Befeuerung der Salinen war mangels anderer Bau- und Brennstoffe sehr hoch und musste damals vermehrt auch bereits aus diesen – schon weiter entfernten Ländereien – gedeckt werden.[6]

Die gesamte Region verlor aber ab dem Beginn des 18. Jahrhunderts weiter an wirtschaftlicher Bedeutung und daher wurden seitdem auch keine wesentlichen Investitionen an den Schlossgebäuden durchgeführt. Da es aber im gesamten Gebiet keinerlei privaten Großgrundbesitz und auch keine größeren Bauerngüter gab und die meisten Menschen direkt oder indirekt in der Salzgewinnung und dem Salztransport Beschäftigung fanden, war das Wohl und Gedeihen dieses Gebietes nur von einer selbstherrlichen Bürokratie dieser Salz- und Domänenverwaltung abhängig. Diese missbrauchte aber ihre Vormachtstellung zu Lasten der Menschen, die dort ansässig waren und Arbeit benötigten. Daher führten diese Umstände wohl zu jener eigentümlichen Verschlossenheit und dem bekannten Misstrauen Fremden gegenüber, das der Bevölkerung teilweise noch bis heute zu eigen ist. Außerdem war doch zusätzlich dieses Gebiet noch immer nahezu hermetisch abgeschlossen und nur mit Bewilligung dieses Salzamtes erreichbar. So gibt es auch im Bau- und Kulturbereich im Salzkammergut aus dieser Zeit außer einigen wenigen kirchlichen Bauten kaum nennenswerte Werke. Während jedoch in ganz Österreich nach dem 30-jährigen Krieg eine rege Bautätigkeit entstand, gab es somit auch aus diesen Gründen keinerlei größere Errichtungen während der Barockzeit im Salzkammergut.

Auf Kaiser Leopold I. folgten seine Söhne Kaiser Josef I. und später Kaiser Karl VI. als Landesfürsten nach. Als aber nach dem Tode Karls VI. die 23-jährige Maria Theresia 1740 den österreichischen Thron bestieg, waren es vor allem die deutschen Nachbarn Preußen, Sachsen und Bayern, die – wie auch die spätere Geschichte zeigt – nicht ihr Wort hielten und die von ihnen unterzeichnete Pragmatische Sanktion nicht akzeptierten. Bereits einige Wochen nach der Thronbesteigung fiel nun Preußen in Schlesien und Bayern in Oberösterreich ein. Während große Teile Schlesiens an Preußen abgetreten werden mussten, konnten mit Hilfe ungarischer Truppen – sieben Jahrhunderte früher war es genau umgekehrt – die Bayern wieder zurück gedrängt werden, nachdem sie allerdings auch im Salzkammergut einige Verwüstungen angerichtet haben. In einem erfolgreichen Gegenstoß gelang es den Truppen der jungen Herrscherin bald, die Landeshauptstadt Linz zurückzuerobern und den ursprünglichen Zustand wiederherzustellen. Die Erfahrungen beim Antritt ihrer Herrschaft bewogen Maria Theresia, ihr auf der Pragmatischen Sanktion beruhendes, absolutistisches Staatswesen einer strukturellen Reform zu unterziehen. Der Umbau erstreckte sich auf den Bereich der Verwaltung und der Behördenorganisation, wobei der Einfluss der Stände zurückgedrängt wurde. Die österreichischen und böhmischen Länder wurden unter gemeinsamen Zentralbehörden zu einem einheitlichen Staat zusammengefasst, der im Rahmen der habsburgischen Gesamtmonarchie bis 1918 bestand. Von großer Bedeutung für das Land Ob der Enns war der Erwerb des Innviertels im Jahre 1779. Durch den Tod des bayerischen Kurfürsten Maximilian III., der keine Kinder hatte, fiel das bayerische Erbe dem Kurfürsten Karl Theodor von der Pfalz zu, der jedoch an Bayern wenig Interesse zeigte und gerne bereit war, es gegen habsburgische Besitzungen im Westen zu tauschen. Jedoch erhob der Preußenkönig Friedrich II. Einspruch gegen diese Abmachungen, was zum „Bayerischen Erbfolgekrieg" führen sollte. So kam es erst im März 1779 zu einem Waffenstillstand, der dann mit dem Frieden von Teschen im Mai beendet wurde und das Innviertel wurde somit ein Teil Oberösterreichs.[7]

Von nicht geringer Bedeutung für die Geschichte der Schlösser wurde aber auch die Stellung des Kaisers Franz Stephan von Lothringen. Der Gatte Maria Theresias wurde 1737 mit dem Besitz des Großfürstentums Toscana beteilt, nachdem die Medici zu jener Zeit ausgestorben waren. Franz Stefan hatte nämlich seine lothringschen Besitztümer aus Staatsräson vor seiner Heirat mit Maria Theresia aufgeben müssen und erhielt sodann die Toscana zur Entschädigung. Dadurch konnte auch die Nebenlinie Habsburg-Toscana begründet werden, die in späteren Jahren für den Orter Besitz sehr bedeutsam werden sollte und als Sekundogenitur des Hauses Habsburg noch bis heute Bedeutung hat. Im Übrigen haben die habsburgischen Regenten der Toscana diesem italienischen Lande sehr beim Aufbau seiner Infrastruktur geholfen.

Abbildung 28 – Eine wertvolle Türe in der Bibliothek des Landschlosses

Die josefinische Zeit und das Gedankengut der Aufklärung brachten die Auflösung der bereits 150 Jahre „regierenden" Kammergutsverwaltung und eine gewisse Öffnung dieses isolierten Gebietes. Die Zuwanderungs- und Aufenthaltsverbote wurden zwar aufgehoben, doch Gmunden verlor aber seine Bedeutung als Wirtschaftszentrum für den Salzhandel wegen der weiter steigenden Bedeutung des internationalen Handels. Nach den Napoleonischen Kriegen, in denen Bayern abermals gegen Österreich kämpfte und auch an der Zerstörung von Teilen Tirols und Salzburgs mitwirkte, wurde eine Neufestlegung der Grenzen und Gebiete am Wiener Kongress erzwungen. Das ehemals selbständige Fürstentum Salzburg wurde 1816 als Salzachgau dem Kronland Ob der Enns zugeschlagen, bei dem es bis 1850 als Teil verblieb. Die Vorherrschaft um das Salz, die das Salzkammergut aber in Österreich bis dahin doch noch immer innehatte, ging damit endgültig verloren. 1817 wurde schließlich – wohl auch um eine schlanke und einheitliche Organisation zu schaffen – durch eine kaiserliche Entscheidung verfügt, dass das Gmundner Salinenoberamt alle Domänen- und Staatsforste vom Lande Ob der Enns verwalten sollte. Dieses Salzamt als höchst eigenständige Behörde sollte aber auch weiterhin sämtliche Entwicklungen in dieser Region noch für einige Zeit lähmen, da in der Ära des Kanzlers Metternich, dem sogenannten Biedermeier, Privatinitiativen nicht erwünscht waren und die Bürokratie sich allmächtig gab. Erst als im späteren Biedermeier im nahen, aber damals noch kleinen Ort Ischl der Fremdenverkehr sich infolge der Kurbäder mit heilender Sole entwickelte, erlebte schließlich auch die Region um den Traunsee langsam wieder einen Aufschwung. 1835 wurde nun das landesfürstliche Salzregal in das staatliche Salzmonopol umgewandelt, wodurch endlich eine moderne Verwaltung Einzug halten konnte.

Im gleichen Jahr sollte auch die erste Eisenbahn auf dem europäischen Kontinent, die von Linz nach Budweis führte, nach Gmunden als Pferdeeisenbahn verlängert werden. Doch auch der Bau dieser Bahnlinie schien das selbstsüchtige, rückschrittliche und brutale Gedankengut des Herberstorff in sich getragen zu haben. Schon 1815 hatte der Gmundner Salinen-Oberamtsrat Adelsberg die Errichtung einer Pferdeeisenbahn von Gmunden zur Donau – anstatt weiterer teurer, aber wenig effektiver Investitionen in die Verbesserung der Traunschifffahrt – angeregt. Er scheiterte jedoch kläglich am Widerstand des Gmundner Salinenoberamtes. Der Vermessungsingenieur Franz Zola, der auch bei der Planung der Strecke Linz-Budweis führend war, hatte sodann im Jahre 1827 um ein Privileg zur Errichtung einer Bahnlinie Linz-Gmunden angesucht, welches ihm im Juni 1829 auch erteilt wurde. Nach Erhalt dieser Bewilligung begann er unverzüglich mit der Projektierung und Vermessung der Trasse. Sofort stiegen aber die Preise für die einzulösenden Grundstücke enorm an, wodurch sein Investitionsplan durchkreuzt wurde und er 1831 das Projekt aufgeben musste. Vermutlich wollten damals mächtige Finanzkreise seine Tätigkeit verhindern. Mit großem Zorn verließ er sodann Österreich und versuchte sich in Frankreich als Eisenbahnerbauer. Vielleicht haben sich diese Erfahrungen auch in den literarischen Arbeiten seines Sohnes Emile Zola niedergeschlagen, der ja selbst auch mit einer erstarrten Bürokratie und Korruption zu kämpfen hatte (Affäre Dreyfuss). Die Bankiers Geymüller, Rothschild und Stametz erwarben sodann diese Konzession und verkauften diese 1834 an die k. k. Erste Privilegierte Eisenbahngesellschaft, die Betreiberin der Bahnlinie Linz-Budweis, weiter.[8] Der Bauleiter dieses Bahnbetreibers, Matthias Schönerer, baute sehr rasch und billig, aber nicht vorausschauend. Am 01. Mai 1835 war die gesamte Strecke Linz-Gmunden zwar bereits befahrbar und das enorme Güteraufkommen auf dieser Strecke aufgrund des Niederganges des umständlichen und zu teuren Wassertransportes auf der Traun brachte den Aktionären enorme Dividenden. Schönerer hatte allerdings die Entwicklung des Eisenbahnwesens entweder übersehen oder aus Geldgier bewusst ignoriert. Bei der Umstellung auf Dampfbetrieb wurden nunmehr große Probleme sichtbar. 1856 war die Strecke Linz-Gmunden zwar durchgehend mit Dampflokomotiven befahrbar, allerdings war der Bahnbetrieb nur eingeschränkt möglich (zu kleine Kurvenradien, Lockerung der mit Eisenbändern bewehrten Holzschienen). Per 01.01.1857 wurde diese Bahnlinie mit großem Gewinn an die Kaiserin-Elisabeth-Bahn (Westbahn) weiter verkauft und zur Gänze übergeben. Während die Strecke Linz-Lambach mangels Bedarf – die „Westbahnstrecke" war bereits in Betrieb – 1859 eingestellt wurde, wurde aber die Bahnstrecke Lambach-Gmunden mit technischen Schwierigkeiten weiter geführt, erst 1903 saniert und auf Normalspur umgestellt. Der sogenannte Seebahnhof ist auch heute noch das Ende dieser Lokalbahn. Der Sohn von Matthias Schönerer, Georg Schönerer, sollte übrigens einige Jahrzehnte später traurige Berühmtheit als nationaler Fanatiker, Terrorist und Antisemit erlangen und der geistige Vater des jungen Hitler werden.[9]

Außerdem wurde 1859 erstmals eine Straßenverbindung entlang des Traunsees geschaffen, wodurch man das bis dahin sehr entlegene Gebiet des Inneren Salzkammergutes wirtschaftlich und auch touristisch besser erschließen konnte. In den frühen 40er Jahren des 19. Jahrhunderts begann auch der Fremdenverkehr langsam in Gmunden zu wachsen und Personen der Aristokratie Sommervillen in Gmunden zu bauen. Im Besonderen muss auch die erste Sommerresidenz Gmundens, die heutige Königinvilla nahe dem Schloss Cumberland, erwähnt werden, welche Franz Graf Thun-Hohenstein errichten ließ. Mit der Oktoberrevolution des Jahres 1848 wurde die Herrschaft Ort schließlich endgültig aufgelöst. Bereits davor im Juli 1848 wurden aber die Bauern durch den parlamentarischen Antrag des damals jüngsten Reichsratsabgeordneten Hans Kudlich von den Feudallasten befreit. Diese politischen Ereignisse bewirkten nun die endgültige Auflösung des Salzoberamtes in Gmunden. Im Rahmen einer Teilung und Neuorganisation zwischen dem Familienbesitz des Hauses Habsburg und dem Staats- und Landesärar wurde dabei die Halbinsel Ort mitsamt den Gebäuden in das kaiserliche Privateigentum übertragen und Kaiser Franz Josef wurde nominell deren Besitzer. Die sonstigen Ländereien und Wälder wurden jedoch dem Staatsärar übergeben. Trotzdem wurde die Verwaltung der beiden Schlösser am Traunsee weiterhin von der nunmehrigen Gmundner Domänendirektion, die vor allem ärarischen Besitz betreute, ausgeübt, wobei allerdings recht wenig für die bereits äußerst notwendigen Bau- und Erhaltungsmaßnahmen getan wurde. So wurde schließlich 1849 auch die Brauerei im Stöcklgebäude, welches ebenerdig auch eine Taverne beherbergte und gerne von den Bewohnern aus Altmünster und Gmunden besucht wurde, aufgelassen.

Trotz heftigen Widerstands einer offensichtlich wenig aufgeschlossenen Gmundner Bevölkerung sollte aber damals die Esplanade von der Stadt Gmunden bis zur Orter Halbinsel großzügig ausgebaut werden, wobei Franz Josef persönlich sogar See- und Landgrund aus seinem Orter Besitz hiezu der Gemeinde überließ. Durch diese Maßnahme erhielt Gmunden jenes charakteristische Ambiente, welches jährlich noch immer viele Personen anzieht und zugleich auch einen effektvollen Hochwasserschutz darstellt. Im

Jahre 1862 wurde schließlich Gmunden auch deswegen zur Kurstadt ernannt, wodurch natürlich ebenfalls ein großer Anstoß zur Weiterentwicklung dieser Stadt gegeben wurde. Die Familie Habsburg-Toscana fand daher in den 60er Jahren des 19. Jahrhunderts, als sie aufgrund der geschichtlichen Ereignisse auch nach Gmunden vertrieben wurde, eigentlich ein Landschloss in einem ziemlich verwahrlosten und auch baufälligen Zustand vor, allerdings in einer damals durch den Fremdenverkehr stark prosperierenden Region. 1859 hatte sie durch die Einigung Italiens ihre regierende Stellung in der Toscana verloren und zog sich hauptsächlich nach Böhmen zurück. Nach dem preußischen Überfall und den Kämpfen von 1866 (Königsgrätz) wurden die böhmischen Exilsitze der Familie Habsburg-Toscana Brandeis bei Altbunzlau und Schlackenwerth bei Karlsbad von den preußischen Truppen gestürmt und Großherzog Leopold II. und seine Familie flohen wieder. Diesmal aber zogen sie nach Schloss Ort in Gmunden, das ihnen Kaiser Franz Josef damals zur Verfügung stellte.

Abbildung 29 – Großherzog Leopold II und Großherzogin Maria Antonia

Die Toscaner – wie sie damals oftmals nicht nur bei Hofe genannt wurden – kannten die Liegenschaft jedoch ziemlich gut, da sie bereits von 1861 bis 1865 ihre Sommerurlaube in Altmünster verbracht hatten. Im Orter Bereich wurden zu dieser Zeit ebenfalls einige Sommervillen vor allem von Aristokraten erbaut (so die Villen Am See, Prokesch-Osten oder Luise von Preußen) und 1868 geht schließlich die Orter Halbinsel samt den beiden Schlössern im Kaufwege an den Großherzog Leopold II. von Toscana über. Dies geschah auch wohl deswegen, weil in diesem Jahr die Salinen- und Forstdirektion Gmunden, die die Halbinsel Ort mitverwaltete, aufgelöst wurde und das Finanzministerium, dem alle Forste damals unterstellt waren, wegen der schlechten finanziellen Lage der Staatskasse (verlorener Krieg gegen Preußen, Abtretung von Venetien an Italien) viele Teile des ärarischen Forstbesitzes an private Personen verkaufen wollte. Im Osten Österreichs wehrte sich aber zu dieser Zeit vehement der Mödlinger Bürgermeister Schöffel – auch genannt der Retter des Wienerwaldes – gegen diesen Ausverkauf des Forstbesitzes vor allem an Holzschlägerungsunternehmer. Zumeist gingen nämlich diese Übernahmen mit nachfolgenden Devastierungen der Forste Hand in Hand.

4. Kapitel – Johann Orth und die Verschwörung RIOU

Mächtig und dunkel ragt das Landschloss Ort hinter dem Schloss im Traunsee hervor. Von der Esplanade in Gmunden aus gesehen scheint es, als ob die Zwiebeltürme die Regenwolken über dem Traunsee an diesem Tag zu Beginn des Juni des Jahres 1888 tragen würden. Lediglich das Rufen der vielen Wasserenten lässt die unheimliche Stille unterbrechen. Langsam fuhr die Kutsche des Schlossherrn am Haupttor vor. Erzherzog Johann Salvator kam von einer Unterredung in Wien bei Kaiser Franz Josef zurück, die ihm eine friedliche Lösung der Situation hoffnungslos erscheinen lassen ließ. Seit seiner Absetzung als Divisionskommandant von Linz und seiner Aberkennung der Offizierschargen als Feldmarschallleutnant im September 1887 hatte er 8 Monate zur See verbracht, um seinen zahlreichen Gegnern am Hofe keine weiteren Möglichkeiten zu geben, ihn zu denunzieren und zu brüskieren. Außerdem hatte er Kronprinz Rudolfs persönlichen Auftrag zu befolgen, die Marinesituation gründlich zu beurteilen und ein Konzept für den Aufbau einer modernen Flotte zu entwerfen. In einem Schreiben aber auch aus persönlichen Gesprächen war ersichtlich, dass ihn Rudolf als Admiral der neuen Marine ausersehen hatte.

Abbildung 30 – Erzherzog Johann Salvator als Oberleutnant 1874

Bereits seit einiger Zeit wurden jedoch seine Briefe zensuriert, sowie seine Aufenthaltsorte und seine Ankünfte und Abfahrten in Österreich (weniger in der ungarischen Reichshälfte) mit Billigung Seiner Majestät permanent überwacht. Er musste sich sehr bald mit Kronprinz Rudolf an einem relativ sicheren Ort treffen, um die vielen Probleme nun endgültig zu lösen. Außen- und innenpolitisch steuerte die Doppelmonarchie einer Katastrophe, wenn nicht ihrem Ende zu. Der im Juni 1887 geschlossene Rückversicherungsvertrag zwischen dem Deutschen Reich und Russland gewährte in Zusatzabkommen eine Einmischung Russlands in den Balkan (Freie Handlungsweise in Bulgarien). Damit war praktisch der Zweibund zwischen dem Deutschen Reich und Österreich-Ungarn gebrochen und die Wiener Monarchie zu einer Marionette Bismarcks geworden. Trotzdem versteiften sich weiterhin der Kaiser und seine Minister auf eine Bündnistreue zu Deutschland. Er, Erzherzog Johann selbst, hatte noch versucht den bulgarischen Thron als möglicher Fürst und Zar von Bulgarien für Österreich und seine Balkaninteressen zu retten, doch die deutsche Geheimdiplomatie und der k. u. k.-Außenminister Graf Kalnoky wussten dies zu verhindern und ließen ihn bei Franz Joseph jämmerlich desavouieren. Er hatte lediglich die immer stärker werdende Stellung Russlands am Balkan zugunsten eines erstarkenden Österreich – eben durch eine Regierung des Hauses Habsburg in Bulgarien – schwächen wollen, doch Bismarck hatte bereits alle Fäden in der Hand und selbst Kronprinz Rudolf glaubte ihm nicht aufgrund der permanenten deutschen Falschmeldungen. Ferdinand von Sachsen-Coburg-Gotha, den Erzherzog Johann Salvator selbst vorgeschlagen hatte, wurde im Juli 1887 schließlich als Kompromisskandidat zum Regenten Bulgariens ausgerufen. Fürst Ferdinand wurde in späteren Jahren sogar noch ein Liebhaber von Katharina Schratt, der Lebenspartnerin Franz Josefs, und dies entbehrt gewiss nicht einer tragischen Ironie.

Die ständigen nationalen Bestrebungen der slawischen Völker in Österreich-Ungarn, das militärisch und politisch von Deutschland aufgedrängte Abenteuer in Bosnien-Herzegowina (er, Erzherzog Johann, machte ja selbst den Feldzug mit und zeigte die Schwächen dieses Unternehmens auf) und die militärische Ohnmacht der Monarchie ließen ihn sehr nachdenklich werden. Oftmals hatte er auf eine Veränderung der Ausbildung der Soldaten und auch Verbesserung der militärischen Ausrüstung gedrängt, doch leider immer vergebens. Noch immer sah man in der Hofburg nicht ein, dass eine Abkehr von dieser Bindung an Deutschland und auch liberale und soziale Reformen im Reiche selbst folgen müssten. Johann stieg trotz seiner lediglich 36 Jahre müde aus der Kutsche. Jetzt musste bald die Entscheidung kommen, denn die Kriegshysterie stieg nahezu täglich in allen Staaten Europas an. Bevor er in sein Arbeitszimmer ging, machte er noch einen Rundgang durch sein geliebtes Schloss. Wenn man bereits als Kind mit dieser herrlichen aus Italien stammenden Kunst der Renaissance Kontakt bekam (schließlich war er doch im Palazzo Pitti in Florenz 1852 geboren) und viele Reisen in die schönen italienischen Städte unternommen hatte, so wollte man diesen Stil auch in das Städtchen Gmunden kommen lassen. Seine Eltern Großherzog Leopold II., der letzte bis 1859 regierende Fürst der Toscana und Großherzogin Maria Antonia, eine Bourbonin aus Sizilien, mieteten sich schon vor 1866 im Sommer in der Villa Ranzoni in Altmünster ein und bereits 1869, also knapp nach dem Kauf des Landschlosses im Jahre 1868, keimte in ihnen der Entschluss auf, auf der Orter Halbinsel eine an Italien erinnernde Villa zu bauen.

Abbildung 31 – Die Villa Toscana

Abbildung 32 – Die Halle in der Villa Toscana

Nach dem Tode seines Vaters im Jänner 1870 verfolgte seine Mutter weiterhin dieses große Bauvorhaben, doch möglicherweise Erbschaftsangelegenheiten ließen die Großherzogin das Schlossareal an eine Baugesellschaft verkaufen. Das Seeschloss wurde jedoch von Johann Salvator mit Kaufvertrag vom 21.12.1876 samt Umgriff abermals für die Familie erworben und er verwendete hiezu teilweise die väterliche Erbschaft in der Höhe von 346 700 Gulden. 1878 erwarb er weiters das Seeschloss samt sämtlichen Verpflichtungen, dem er jedoch kein so besonderes Augenmerk schenkte und das er nur in seiner Bausubstanz zu erhalten trachtete. Diese Aktivitäten des Erzherzogs verhinderten jedoch eine weitere Parzellierung der Orter Halbinsel und somit konnte dieses schöne Areal auch für nachfolgende Generationen erhalten werden. Endlich erst im Jahre 1881 war er mit den Umbauarbeiten im Landschloss und der Fertigstellung der „Villa Toscana", dem Witwensitz seiner Mutter, zufrieden. Die Villa stand nun wie geplant auf einer leichten Anhöhe vor dem Schloss mit einem wunderschönen Ausblick auf den gesamten See und lag zusätzlich in einem von ihm geplanten Park, den er ebenso wie die – mit Platanen bepflanzte Zufahrt – entwarf. Eine große Anzahl fremdländischer Baumarten ließ er gleichfalls dafür pflanzen und ebenso zeigte er bei der Anlage der Wege und Ruheplätze ein hohes künstlerisches Gefühl. Es sollte aber auch die Leichtigkeit der italienischen Landschaft widerspiegeln, die seine Mutter Zeit ihres Lebens im österreichischen Exil immer vermisste und einen Kontrast zum mächtigen Landschloss im Stil der deutschen Renaissance und der sehr schroffen Gebirgslandschaft des Traunsteins bieten.

Abbildung 33 – Die bekannte Wappenwand im Innenhof des Schlosses

Der berühmte Architekt und Baumeister (Wiener Parlament) Teophil Hansen selbst beriet ihn bei beiden Bauten und so ließ er an den 4 Schlosstürmen die Zwiebeldächer aufsetzen und die Wappenwand, die sämtliche Besitzer der Liegenschaft bis zu seiner Mutter aufzeigte, im Innenhof anbringen. Der schmiedeeiserne Rokokobrunnen aus dem ungarischen Komorn, der 1777 als Stadtbrunnen erbaut wurde, wurde ihm von der dortigen Stadtverwaltung auf seinen Wunsch 1877 geschenkt. Er war ja in dieser Stadt von 1879 bis 1882 Divisionskommandant und konnte manches zum Wohle der Bevölkerung dort verändern, diente aber in dieser Garnison bereits seit 1876 als Artillerieoffizier. Dieser Brunnen wurde in der Mitte des Hofes des Landschlosses im Jahr 1878 installiert. Als Gegenleistung spendete Erzherzog Johann Salvator dem Krankenhaus in Komorn 500 Forint.

Abbildung 34 – Der Innenhof des Landschlosses mit Wappenwand und Brunnen

Die Taverne anbei – die ehemalige Brauerei der Herrschaft Ort – riss er 1879/80 teilweise nieder und baute daraus sein Gästehaus, das Stöckl. Der Wappenschmuck an diesem Haus wurde auch von ihm damals veranlasst. Selbst die Pferdestallungen wurden stilvoll erneuert (heute Speisesaal) und mussten sich dem gesamten Ensemble unterordnen und dieser landseitige Schlosstrakt wurde auch vollständig stockhoch wie die übrigen Seiten errichtet. Es sollte schließlich ein Ort werden, wo die Familie Habsburg-Toscana, die ja zerstreut vom Bodensee über Salzburg bis Böhmen wohnte, immer wieder zusammen treffen konnte.

Abbildung 35 – Der Brunnen aus Komorn im Innenhof des Landschlosses dahinter die Linde, die 1919 zur Eröffnung der Forstschule gepflanzt worden war

Die Innengestaltung der Räume plante er dabei gemeinsam mit dem Maler Jakob Schindler. Kaiser Franz Josef schenkte dazu Erzherzog Johann für das Landschloss wertvolle Möbel, die einst Maria Theresia gehörten und sich im Schloss Weinzierl befanden. Daraus kann auch ersichtlich sein, dass sich Franz Josef ebenfalls um die Ausgestaltung seines ehemaligen Schlosses annahm.

Abbildung 36 – Eine wertvolle Türe mit Intarsien und gehämmertem Türschloss

Abbildung 37 – Die eisernen Fenstergitter am Landschloss, dahinter das Stöcklgebäude

1879 wurden vom Schloss Scharnstein 34 eiserne Fenstergitter, drei bemalte Holzdecken mit eingelagerten Ölgemälden auf Leinwand, drei Portale mit Flügeltüren, drei wertvolle Türen, ein Kamin und ein kostbarer Kachelofen überstellt. Die meisten dieser Wertgegenstände sind heute noch im Landschloss vorhanden. Schloss Scharnstein war zwar im Besitz des Klosters Kremsmünster, das Schloss und seine wertvolle Einrichtung war jedoch zu Beginn der Bauernkriege Eigentum der protestantischen Jörger, die ihre Habe an die Mönche abtreten mussten. Fast könnte man dies als eine Ironie des Schicksals bezeichnen, dass nun protestantisches Gut zur Ausschmückung jenes Schlosses diente, das vom größten Protestantenhasser gebaut wurde.

Abbildung 38 – Festsaal im Landschloß Ort um 1880. Der heute noch vorhandene Kamin im Festsaal ist links zu erkennen

Wie viel Wert legte er auch auf eine entsprechende Ausgestaltung, wie die Renaissancedecken, die Malereien und Deckengemälde, die Türen, die Täfelungen und die Kamine und Öfen. Ein Gesamtkunstwerk sollte das Schloss werden und dazu schaffte er aus Österreich, aber auch fast ganz Europa viele und wertvolle Kunstgegenstände an. Darunter befanden sich Kupferstiche und Bilder großer italienischer Meister ab dem 15. Jahrhundert, aber auch venezianische und böhmische Glasarbeiten, Metallarbeiten aus Frankreich, England und Deutschland sowie wertvolle Uhren und Jagdwaffen.

Abbildung 39 – Türe und Holzvertäfelung aus Zirbe mitsamt einzigartigen Beschlägen in der Kanzlei

Nachdenklich trat er in sein Arbeitszimmer ein. Am 09.03.1888 war Kaiser Wilhelm I. gestorben und nun war bereits der Tod von Friedrich III. zu erwarten, von dem eine liberale Politik und Abstand von der Bismarckpolitik zu erhoffen war. Kronprinz Rudolf selbst war immer auf Seite Friedrichs und seiner englischen Gemahlin Victoria – eine Tochter Königin Viktorias – gestanden und hätte gerne eine Politik gemacht mit England, um der Gefahr eines von Deutschland aufoktroyierten Krieges mit Russland die englische Freundschaft entgegensetzen zu können. Sollte Kronprinz Wilhelm Kaiser werden, dann würde es ganz anders werden. Beide Kronprinzen waren etwa gleich alt, aber für Rudolf war Wilhelm II. ein Reaktionär, ein Gegner des Liberalismus und des Sozialismus, ein Großsprecher und Militarist. Wilhelms geheimster Plan war doch, eine Aufteilung Österreich-Ungarns unter Preußen und Russland zu erreichen und diesem musste vorgebaut werden. Doch selbst einem Bismarck gingen aber bereits diese geheimen Großmachtpläne zu weit, da dieser ahnte, dass Preußen weiterhin einen großen Partner bei seinem Aufstieg zur Weltmacht haben musste.

Abbildung 40 – Teil der Kassettendecke im Festsaal mit den prächtigen Türportalen

Rudolf sollte nun unbedingt König werden und unter dem Wahlspruch RIOU (bedeutet Rudolf Imperator Oesterreich Ungarn) mussten nun auch die Vorbereitungen dafür getroffen werden. Mit der Broschüre „Österreich-Ungarn und seine Alliancen" – ein offener Brief an Seine Majestät Kaiser Franz Joseph I., die unter dem Pseudonym Julius Felix im April 1888 in Paris erschienen war (Rudolf war dort mit Clemanceau, dem Arzt und Führer der Sozialisten, in sehr vertrautem Kontakt), hatte dieser ja eine letzte Warnung an den Monarchen absenden wollen. Als Generalinfanterie-Inspektor hatte er doch noch treue Kommandanten um sich wie Freiherr Kuhn von Kuhnenfeld, den ehemaligen Kriegsminister (1867–74), der nun Militärkommandant von Steiermark, Kärnten und Krain war und der hatte ihm noch Ende Mai 1888 seine große Zusicherung bei einem Umbruch gegeben. Beim nächsten Treffen des

Kronprinzen mit Johann wollte der Toscanaprinz bereits ein Konzept für den Umsturz entwickelt haben. Rudolf musste unbedingt alle Divisionskommandeure besuchen und auf ihre Loyalität gegenüber ihm nochmals vereiden. Die freie Presse sollte nun ebenfalls verständigt werden, die Kontakte zu Andrassy, Karolyi und den ungarischen Abgeordneten intensiviert werden und die gewogenen Spitzen der Hochfinanz, die großteils aus dem jüdischen und liberalen Lager stammten, informiert werden. Schließlich waren noch die Kontakte mit den Führern der Sozialisten und den böhmischen Abgeordneten zu vertiefen.

In Preußen starb schließlich Mitte Juni 1888 Friedrich III. und dessen Sohn Wilhelm II. wurde gekrönt. Wilhelms Thronrede war äußerst martialisch und brüskierte sowohl England als auch Frankreich. Anfang Juli trafen der Kronprinz und Johann einander im ungarischen Fiume an der Adria. In der ungarischen Reichshälfte konnte man ungestörter konferieren und planen und Johann legte Rudolf nahe, dass der Umsturz alsbald, am besten Anfang 1889, zu erfolgen hatte. Rudolf müsse nun endlich die Ungarn und die Militärkommandanten für sich und seine Krönung zum ungarischen König gewinnen und mit England und vor allem Frankreich sollte intensiverer Kontakt gehalten werden. Zu diesem Zeitpunkt wurde aber der treue Militärkommandant Freiherr von Kuhn vom Kaiser seines Amtes enthoben und pensioniert. Wusste das Kaiserhaus bereits etwas über Rudolfs Pläne? Ein Brief, den Wilhelm im Juli an Rudolf von seiner Reise nach Russland schrieb und mit Vorwürfen an Frankreich und England garnierte, leitete der Kronprinz per Sonderboten an den französischen Außenminister Goblet weiter. Der Minister und der Sozialistenführer Georges Clemanceau waren ja für ein Bündnis Frankreichs und Englands mit Österreich. Als

Vermittlerin trat dabei Sophie Clemanceau, die Tochter des Zeitungsherausgebers und Verbündeten Rudolfs Moriz Szeps, auf. Sie sollte sich mit Paul Clemanceau, dem Bruder von Georges, vermählen.

Johann blieb an der Adria bis September und hatte wegen notwendiger Veränderungen und Reformen mit den Spitzen der Kriegsmarine verhandelt. Rudolf bereiste nun die diversen Garnisonen und hielt auch Kontakte mit der ungarischen Regierung unter Ministerpräsident Tisza sowie bestimmten Bankiers und einigen Journalisten. Im September trafen einander die beiden Prinzen wieder in Ort, wo sie die politische Lage, aber auch die Situation in der österreichisch-ungarischen Armee erörterten. Auch Georges Clemanceau erschien zu dieser Zeit inkognito im Landschloss, nachdem er zuvor bereits in Wien mit Anhängern Rudolfs konferiert hatte und der Hochzeit seines Bruders beiwohnte. Clemanceau beschwor die beiden Prinzen, um des Friedens Willen in Europa mit Deutschland zu brechen. Nur durch einen isolierten Deutschen Kaiser könne wieder Ruhe in Europa eintreten. Es schien aber auch die Zeit für eine noch stärkere Trennung der beiden Teile der Monarchie reif zu sein und das drückte sich auch darin aus, dass Rudolf sich immer mehr zu Ungarn hingezogen fühlte. Er wünschte sich sogar, dass über seine Leiche nur das rot-weiß-grüne Banner gebreitet wäre.[10]

Für Oktober 1888 war schließlich der Antrittsbesuch Kaiser Wilhelms II. in Wien geplant. Hier trafen auch die beiden Habsburgprinzen einander erneut wieder und vereinbarten, die folgenden Gespräche mit Wilhelm abzuwarten. Zu gleicher Zeit war auch der englische Thronfolger Edward in Wien, der aber nicht mit seinem Neffen Wilhelm, sondern mit Rudolf zusammentraf. Die Gespräche zeigten aber, dass Wilhelm nach wie vor mit einem Krieg rechnete und für Österreich eine strengere Staatsgewalt einforderte, während Edward wie Frankreich ein Bündnis von England, Frankreich und Österreich-Ungarn anstrebte. Bei der Rückreise besuchte er noch Erzherzog Johann in Ort und dabei wurde vor allem die Marinesituation beider Länder behandelt. Nach seinem Wiener Besuch Mitte Oktober 1888 ersuchte übrigens Wilhelm in einem Brief an Franz Josef, Rudolf als Generalinspektor der Armee abzulösen, da ihm bei seinen Truppeninspektionen in Österreich Fehler aufgefallen wären.[11] War dies bereits die Reaktion auf die Loyalität der österreichischen Truppen und teilweise der Kommandierenden zu Kronprinz Rudolf und wie viel war dem deutschen Kaiser von den Umsturzplänen bekannt?

Abbildung 41 – Deckenbild im Festsaal „Pallas Athene mit den Musen"

Johann blieb jedenfalls bis über seinen 36. Geburtstag, den er in Ort am 26.11.1888 feierte, in Gmunden (auch der Kronprinz besuchte ihn nochmals dort) und wartete auf eine baldige Entscheidung. In dieser Zeit hatte er wohl auch mit der Rudolf-freundlichen, liberalen Presse Kontakt gehabt, die konzertiert die neue Politik Rudolfs und Graf Andrassys mit einer gewissen Zuwendung zu Russland unter Distanzierung von Deutschland pries. Für den 02.12.1888 waren Feiern für das 40-jährige Thronjubiläum des Kaisers geplant. Obwohl Franz Josef keinerlei Festlichkeiten wollte – aber dafür sollten Zeichen der Nächstenliebe gesetzt werden (Geschenke an die Armen) –, gab es doch offizielle Huldigungen. Die Situation in Österreich (Deutschnationale für teilweisen Anschluss an Deutschland, Problem der nationalistischen Tschechen, Hetze gegen Juden auch von den Proponenten der christlich-sozialen Partei wie Vogelsang) schien aber seitdem zu eskalieren. Noch war eine Lösung möglich und so hoffte Rudolf, dass er gerade deswegen zum Mitregenten oder König von Ungarn gekrönt werden könnte und Johann, dass er wieder rehabilitiert würde und ein militärisches Kommando erhielte. Beides blieb aus und die Presse in Österreich und Deutschland lieferte sich einen regelrechten Zeitungskrieg, da einerseits wieder die Rudolf-freundlichen Zeitungen den deutschen Kaiser und seine Politik angriffen, Kronprinz Rudolf aber als Verräter in den deutschen Blättern verurteilt wurde. Außerdem wurden Rudolf und seine Anhänger als Knechte der Juden und der Freimaurerei bezeichnet, was noch Jahrzehnte später tradiert wurde.

Erzherzog Johann Salvator verbrachte den Jahreswechsel sowie den gesamten Jänner wieder in Pola und Fiume, wo er offensichtlich auf weitere Instruktionen (Übernahme der Marine) warten sollte. Rudolf arbeitete an einer Neustrukturierung der Armee und stellte Mitte Jänner 1889 in der Zeitschrift Schwarzgelb, einer vaterlandstreuen, antideutschen Zeitung, 10 Gebote des Österreichers auf. Bereits eine Woche später erschien in derselben Zeitung ein vermutlich vom Kronprinzen lancierter Artikel, der Rudolfs Streben nach einem Bündnis mit Frankreich und Russland zum Inhalt hatte (offensichtlich gegen eine Verlängerung des Vertrages mit Deutschland, den Zweibund, der 1889 auslief, gerichtet).[12] Am 26. Jänner 1889 gab es dann offensichtlich eine große Auseinandersetzung zwischen Rudolf und dem Kaiser. Vermutlich hatte der Kronprinz nun persönlich bei Franz Josef eine baldige Mitregentschaft und die Krönung zum König zum Ungarn, welche übrigens eine übliche Inthronisation für Thronfolger gewesen war, vom Kaiser gefordert, aber dieser entließ ihn in höchster Erregung mit den Worten: **„Du bist nicht würdig mein Nachfolger zu werden."**

Am gleichen Tag übergab sodann Rudolf seiner Cousine Gräfin Larisch eine schwere Kassette mit den Worten: **„... Marie, du musst diese Schachtel sofort an dich nehmen und an einem sicheren Ort verstecken. Sie darf unter keinen Umständen in meinem Besitz gefunden werden. Jeden Augenblick kann der Kaiser eine Durchsuchung meines Eigentums befehlen. ... Bewahre sie auf, bis ich sie zurückfordere oder bis jemand anderer sie zurück verlangt. Nur ein Mensch kennt das Geheimnis dieser Kassette und er allein hat außer mir das Recht, sie zurück zu verlangen. Du kannst sie der Person übergeben, die dir die Buchstaben RIOU nennt."**[13]

Vielleicht sollte die Ernennung Rudolfs auf dessen Wunsch am Abend des 27. Jänner bekannt gegeben werden, an dem ein Empfang zu Ehren des Geburtstages Kaiser Wilhelms an der Deutschen Botschaft gegeben wurde. Dabei wären nicht nur das Kaiserhaus, die Erzherzöge und die Hocharistokratie sowie alle Minister, sondern auch alle akkreditierten Botschafter anwesend gewesen. Stattdessen musste Rudolf in deutscher Uniform diese Niederlage gewissermaßen öffentlich eingestehen. Dies war umso tragischer, als für den nächsten Tag in Frankreich der Wahlgewinn der Partei des Kriegsministers General Boulanger erwartet werden durfte. Er hatte Frankreich stark aufgerüstet und schwor auf Revanche für den verlorenen Krieg gegen Deutschland von 1870/71. Ein deutsch-französischer Krieg gefolgt von einem Überfall Russlands auf das militärisch zu wenig gerüstete Österreich-Ungarn schien Rudolf daher unvermeidlich. Zudem sollte auch am 28. Jänner 1889 in Ungarn über das Wehrgesetz abgestimmt werden, bei dem Ministerpräsident Tisza sich für eine gemeinsame Armee aussprach, die Gegner unter Graf Karolyi, dem Rudolf sein Wort für eine eigene Armee verpfändet hatte, jedoch für eine selbständige ungarische Armee warben. Karolyi selbst hielt auch im ungarischen Parlament noch am 25.01.1988 eine Rede gegen die Wehrvorlage und die ungarischen Zeitungen berichteten darüber, dass Karolyi davor ein Schreiben des Thronfolgers erhalten hätte. Dies würde auch die heftige Unterredung Rudolfs mit dem Kaiser einen Tag danach plausibel erscheinen lassen. Im Vorfeld gab es in Budapest bereits etliche Straßenunruhen und Infanterie besetzte daher das Stadtzentrum. Sollte die ungarische Abstimmung eine Teilung des Heeres einleiten, dann würde sich Rudolf an die Spitze einer ungarischen Bewegung stellen müssen. Möglicherweise war aber auch zu diesem Zeitpunkt bereits das Leben Rudolfs selbst durch die deutsche Reaktion und vor allem Geheimpolizei sehr gefährdet, die auch von deutschnationalen Kreisen in Österreich gut informiert wurde.[14]

Am 28. Jänner musste Rudolf mitgeteilt worden sein, dass die Abstimmung wegen Unruhen um einen Tag verschoben worden war. Offensichtlich hätte er an diesem Tag den schon lange geplanten Umsturz in Ungarn wagen sollen, doch hatten seine Gegner diese Verschiebung und damit die Änderung seines Planes erreicht. Rudolf sieht sich in dieser Situation außerstande die geplante Erhebung sofort durchzuführen, da er damit ohne Vorwand gegen seinen Vater einen formell ungerechtfertigten Putsch durchführen würde.[15] Er verfasste daraufhin seinen letzten Willen mit Abschiedsbriefen und fuhr nach Mayerling. Offensichtlich geschah die Selbstmordinszenierung wirklich erst in letzter Minute, da er doch mit der Abstimmung und den darauf folgenden Unruhen seine Erhebung geplant hatte. Noch am 29. Jänner schrieb Rudolf in Mayerling mehrere Briefe, empfing Schriftstücke und ging entgegen seinem Vorhaben nicht auf die Jagd. Am 29. Jänner erhielt Rudolf dann in Meyerling auch 3 Telegramme aus Ungarn von Graf Karolyi, in denen ihm von der Annahme des Wehrgesetzes berichtet wurde. Der einzige Zeuge dazu, Graf Josef Hoyos, hat dies auch in seiner Denkschrift derart erwähnt.[16] Am Morgen des 30. Jänner 1889 starb Kronprinz Rudolf durch Selbstmord, da für ihn ein Aufstand nunmehr nicht mehr möglich schien. Ein solcher hätte ihn in dieser Situation zum Hochverräter gegen seinen Vater und die Monarchie gemacht. Der Geheimakt der Polizei **„Reise Graf Pista Karolyi zum Kronprinzen Erzherzog Rudolf bezüglich Wehrgesetzvorlage im ungarischen Parlament"** im Besitz des Ministers des Äußeren (Dossier Nr. 25) ist auch seitdem verschollen.[17]

Noch am selben Tage erhielt Erzherzog Johann Salvator ein Telegramm in Fiume, in dem ihm die Nachricht vom Tode des Kronprinzen mitgeteilt wurde. Darauf sandte er umgehend ein Kondolenztelegramm an den Kaiser und reiste am 31. Jänner nach Wien, wo er dem aufgebahrten Rudolf seine letzte Aufwartung machte und auch Besprechungen mit verschiedenen Personen führte. Hier bekam er nun auch von der Gräfin Larisch jene Bleikassette, nachdem er ihr das Kennwort genannt hatte, und gab sie zur sorgfältigen und geheimen Verwahrung an seine Lebenspartnerin Ludmilla Stubel weiter. Diese Kassette, sowie alle weiteren im Besitz der Familie Stubel befindlichen Aufzeichnungen und Bilder wurden nach seiner Todeserklärung seitens des Oberhofmarschallamtes angekauft. Wie Gräfin Larisch in ihrem Buch „Meine Vergangenheit" berichtete, teilte ihr Erzherzog Johann Salvator mit, „dass in der Kassette Papiere wären, durch die Rudolf als Hochverräter gesehen und erschossen worden wäre und dass damit auch sein Leben nunmehr gerettet wäre."[18]

Er transferierte jedenfalls, bevor er noch Wien verließ, Wertpapiere in beträchtlicher Höhe an eine Schweizer Bank in St. Gallen. Waren dies vielleicht jene Geldmittel für den Umsturz RIOU und wurden diese nun für seinen Abgang benötigt? Unmittelbar nach dem Begräbnis des Kronprinzen verließ Erzherzog Johann auf schnellstem Wege die Residenzstadt Wien. Diese Stadt war ihm zu unsicher, da er doch permanent überwacht und auch seine gesamte Korrespondenz geöffnet wurde. Als bedeutsamer Spitzel für Kaiser Wilhelm wurde einige Jahre später übrigens Herzog Ludwig von Bayern, ein Bruder von Kaiserin Elisabeth und der Vater der Gräfin Marie Larisch, entlarvt. Nach Bekanntwerden seiner verräterischen Tätigkeit brach Sissi mit ihrem Bruder, dem sie und der Kaiser früher trotz seiner nicht standesgemäßen Heirat mit einer Schauspielerin sehr große Unterstützung und Hilfe zuteil werden ließen. Auch kam es bereits zu Verhaftungen von einigen Offizieren und somit zog sich Johann wieder nach Dalmatien zurück, wo er – da es zu Ungarn gehörte – etwas mehr Sicherheit hatte. Die Kontakte nach England und Frankreich wurden von nun an nur mehr über die Schweiz per treuen Boten aufrecht gehalten, doch er musste sich mit einer baldigen Abreise aus Österreich-Ungarn anfreunden.

Abbildung 42 – Das Fortunabild über dem Kamin im Festsaal

Über das Bild soll Johann Orth nahe stehenden Besuchern erzählt haben, dass er einmal – wie auf diesem Fortunabild ersichtlich ist – mit einem Schiff abreisen und nie mehr wiederkehren würde. Die Festsaaldecke ist ebenfalls ein besonderes Beispiel für den Gestaltungsanspruch Erzherzog Johanns. Sie gliedert sich (siehe auch die Abbildungen 32 und 33) in verschiedene Gemälde-, Bildnis- und Eckfelder, die um eine rechteckige Mittelkassette und ein Gemälde aus dem 17. Jahrhundert nach einem Stich des Hans von Aachen von 1596 angeordnet sind. Die Maler Christian Griepenkerl und Jakob Emil Schindler gestalteten diese Decke mit Renaissanceelementen, Groteskenmalereien und allegorischen Darstellungen aus der antiken Mythologie. Die personifizierten Tugenden Caritas und Persevantia (Liebe und Beharrlichkeit), Sapientia und Temperantia (Weisheit und Mäßigkeit) sowie Fortuna und Tolerantia (Glück und Toleranz) stellen die Hauptachsen des Rahmengefüges dieser Festsaaldecke dar.

Den Sommer 1889 verbrachte Johann allerdings wieder zur Gänze in Ort und bereitete sich hier auf die große Kapitänsprüfung und vermutlich auch seinen endgültigen Abschied von Österreich-Ungarn vor. Am 22.08.1889 ist eine letzte Audienz in Bad Ischl beim Kaiser belegt, bei der aber die von ihm erhoffte Rehabilitierung ausblieb. Schließlich legte er die Kapitänsprüfung für Handelsschiffe im September in Fiume ab. Nach Besuchen in Linz und der Abfassung seines Testamentes verlässt er Ort und damit Österreich anfangs Oktober endgültig und fährt auf direktem Wege in die Schweiz. Von Zürich nimmt er schriftlich schließlich endgültig Abschied vom Kaiserhaus, legt Titel und Offiziersgrad ab und nennt sich seitdem Johann Orth.[19] Der Kaiser, der noch immer seine Schritte zu überwachen versuchte, erlässt ein Einreiseverbot nach

Österreich und aberkennt Johann Orth auch de facto die Staatsbürgerschaft. Franz Josef und sein Außenminister wollen nämlich, dass Johann die Staatsbürgerschaft wechselt, sein Pass soll daher nur mehr befristet ausgestellt werden. Außenminister Kalnoky schreibt Johann, dass er sich um die schweizerische Staatsbürgerschaft bemühen solle. Man könnte dies auch als letzte offizielle Strafe für sein gemeinsames Handeln mit Rudolf betrachten, von dem die Polizeiagenten sicherlich auch nach dem Tode des Kronprinzen weiter an den Kaiser und die reaktionären Personen am Hofe wie Ministerpräsident Taaffe und Minister Kalnoky sowie an den Deutschen Hof in Berlin berichtet haben. Der Bruch mit dem offiziellen Österreich ist nunmehr endgültig, lediglich mit seiner alten, aber innig geliebten Mutter, seiner nicht standesgemäßen Lebenspartnerin Ludmilla Stubel und seinem Rechtsanwalt hält Johann weiterhin brieflichen Kontakt. Wobei er allerdings noch immer regen Anteil an seiner Liegenschaft und immer wieder sich auch vom Ausland mit großem Interesse (z. B. Liegenschaftsstreit beim Ausbau der Ischler Landesstraße) dieser widmet.[20] In dieser Situation beschließt er nach England zu fahren, wo er noch sicher vor den Nachstellungen der österreichischen Geheimpolizei sein kann.

Abbildung 43 – Johann Orth im Jahre 1889

Johann Orth wird schließlich in England Eigner eines Handelsschiffes, der Saint Margaret, und wollte als Reeder unter der österreichisch-ungarischen Handelsfahne sein weiteres Leben bestreiten. Möglicherweise hat er auch dort auch seine langjährige Lebensgefährtin Milli Stubel geheiratet. Am 26. März 1890 legt er mit 24 Mann Besatzung – fast alle kroatische oder italienische Österreicher aus Dalmatien, welche von ihm selbst in Fiume ausgesucht wurden – von London ab und läuft am 30. Mai 1890 im Hafen von La Plata bei Buenos Aires ein. Am dortigen österreichisch-ungarischen Konsulat bekräftigte er Anfang Juni auf seine österreichisch-ungarische Nationalität nicht verzichten zu wollen und sucht um Verlängerung seines Reisepasses an, die ihm aber verweigert wird. Eine Nachfrage des Konsulats an Wien, um die Gewährung zur Ausstellung dieses Passes, trifft erst am 24. Juli 1890 – also fast 2 Wochen nach seiner Abreise – im Wiener Außenamt ein. Die k. k.-Gesandtschaft in Buenos Aires ist zu dieser Zeit mit zwei Konsuln besetzt. Der diplomatische Konsul Mikulicz wird in Johanns Schreiben vom 13. Juni 1890 an seine Mutter als äußerst liebenswürdig und gebildet beschrieben, während er über den Honorarkonsul Nicolaus Mihanovich schreibt, dass dieser noch vor wenigen Jahren Lastträger war und nunmehr steinreicher Millionär. Aber genau dieser Herr sollte schließlich eine bedeutsame Rolle bei der letzten Schifffahrt Johann Orths spielen. 1865 desertierte Mihanovich von der österreichischen Armee und wanderte nach Südamerika aus. Offensichtlich durch zweifelhafte Aktivitäten wie die Anwerbung zur Emigration von schließlich tausenden ärmster polnischer und ruthenischer Österreicher nach Argentinien, wofür er von den Emigranten und dem südamerikanischen Land zusätzlich zu den Kosten der Schiffspassage Geld erhielt, Grundstücksspekulationen, Importhandel auf „Provision" (Übervorteilung) mit europäischen Reedereien u. a. schuf er sich ein riesiges Wirtschaftsimperium, kontrollierte schließlich den Personen- und Handelsverkehr von Argentinien nach Paraguay, wurde Teilhaber bei Schiffsagenturen und Reedereien und lenkte den Warenumschlag am wichtigsten Hafen Argentiniens Ensenada, etwa 2,5 Stunden von Buenos Aires entfernt.[21] Genau solch ein Mensch war also vom Außenminister Graf Kalnoky zum Honorarkonsul von Österreich-Ungarn in Buenos Aires bestellt worden.

Jedenfalls trennte sich Johann Orth in Ensenada von seinem Kapitän Sodich, da dieser für den Makler Mendes, der den schlechtesten Ruf hatte, eine sonderbare Schwäche zeigte (Zitat Johann Orths im Brief an seine Mutter). Dieser Mendes wurde später übrigens einer der Hauptgeschäftspartner von Mihanovich, möglicherweise arbeiteten beide bereits aber schon zu dieser Zeit zusammen! Aber auch den Zweiten Offizier Sucich musste Johann Orth wegen Betruges entlassen und der Dritte Offizier Leva dürfte von Mihanovich abgeworben worden sein (Orth schreibt darüber, dass dieser plötzlich Angst vor dem Meer bekommen hätte – und dies nach sehr vielen Fahrten auf diversen Schiffen!). Auch der Maat Giaconi, der bei der Atlantiküberquerung durch Unvorsichtigkeit ein Feuer auf der Saint Margaret entfachte, verließ wegen Verbrennungen aus diesem Feuer das Schiff. Dass die Kapitänskünste des Herrn Sodich nicht die besten waren, mag auch daraus ersichtlich sein, dass die hölzernen Rettungsboote, die bei obigem Brand vorsichtshalber aktiviert wurden, mangels fehlender Wartung Leck waren (Zitat Johanns aus dem gleichen Brief). Mit neuen Offizieren, über die Johann an seine Mutter allerdings in höchsten Tönen schreibt, möchte der Eigner und nunmehrige Kapitän die Fahrt nach Chile antreten. Das Eintreffen in Chile war für Ende September 1890 geplant, denn von dort sollte für die Rückreise nach Europa der damals wichtige Vogeldünger Guano aufgenommen werden. Über den Zustand des Landes und seiner Geschäftspartner schreibt er an seine Mutter: „Bestechlichkeit, Betrug, Raub sind an der Tagesordnung."[22]

Schließlich läuft Johann Orth – nunmehr bereits staatenlos – am 12. Juli 1890 mit seinem Schiff Richtung Chile aus. Es dürfte bis dahin dem Honorarkonsul Mihanovich, der sicherlich von einer Kaperei profitieren würde, da ja Orth einiges Vermögen mit sich führte und dem ja auch bekannt war, dass Außenminister Graf Kalnoky den liberal gesinnten und aufgeschlossenen Johann Orth hasste, mit Leichtigkeit gelungen sein, den Kapitän eines gepanzerten Handelsschiffes, welches damals im Südatlantik kreuzte, dazu zu veranlassen, den hölzernen Dreimaster Saint Margaret vor Kap Horn zu rammen und zu kapern. Johann Orth sollte dabei jedenfalls mit der gesamten österreichischen Besatzung sowie seiner an Bord weilenden Lebensgefährtin Milli Stubel, die in Ensenada zugestiegen war, umgekommen sein. Wie allerdings nach solchen Kaperungen üblich, hatten sich die Piraten nach dem Überfall und der Vermögensaufteilung voneinander getrennt. In den 30er Jahren des 20. Jahrhunderts wurde aber von einer englischen Schiffsbesatzung auf den Riffen von Strudwick-Island im Indischen Ozean eine halbverfallene Hütte entdeckt, über deren Eingang die grünspanüberzogenen Messinglettern „M A R G " angebracht waren. In einer Ecke der Hütte fand man ein menschliches Skelett, das noch teilweise von einem Hemd mit einer gestickten Krone bedeckt war. Vor der Hütte befanden sich Konservenbüchsen, Angelzeug und ein Revolver, sowie in einer Ledertasche einige Edelsteine. Die Nachforschungen britischer Behörden sollen jedenfalls ergeben haben, dass es sich um Eigentum des Johann Orth gehandelt haben könnte.[23]

„Nach einem Schiffszusammenstoß mit einem eisernen Schiff unbekannten Namens vor Kap Horn am 05. August 1890 um 1 Uhr 13 früh sank ..." lautete die doch sehr genaue Meldung, die das Falklands Magazine in ihrer Septemberausgabe 1890 veröffentlichte. Sicherlich wurde dieses Manöver von einem englischen Kriegsschiff aus beobachtet, welches dieses dann auch weiter meldete und dies wurde später an diese Zeitung übermittelt.[24] Ebenso berichteten deutsche Schiffskapitäne im November des Jahres 1890 in Hamburg, Teile des Schiffswracks der Saint Margaret mit zerfetzter österreichisch-ungarischer Handelsfahne nach diesem Zeitpunkt bei Kap Horn gesichtet zu haben.[25] Diese Indizien würden ein Rammmanöver an der Saint Margaret ebenfalls bestätigen. Auch die argentinische Tageszeitung Diario de Noticias berichtete darüber, doch wurde der Zusammenstoß dort als Unfall mit einem „Kauffahrteischiff" beschrieben, worauf die Saint Margaret mitsamt der gesamten Besatzung untergegangen sei.[26] Offensichtlich hat der österreichische Honorarkonsul in Buenos Aires das österreichisch-ungarische Außenministerium sowohl bezüglich der Abfahrt (gab Ende Oktober auf Anfrage Wiens an, dass die St. Margaret am 10. Juli 1890 ausgelaufen wäre) angelogen und auch die Mitteilung, dass Johann Orth mitsamt seinem Schiff vor dem Kap Tres Puntas bei einem starken Sturm in der Nacht vom 20. auf den 21. Juli 1890 gekentert wäre, war falsch.[27] Aufgrund der Geschwindigkeit des Dreimasters musste Johann Orth erst nach dem Sturm bei Tres Puntas vorbeigefahren sein. Man wollte von Buenos Aires aus einfach eine falsche Spur legen. Sogar in der Todeserklärung mehr als 20 Jahre später wurde aber angegeben, dass Johann Orth dieser besagte Sturm zum Verhängnis wurde.

Abbildung 44 – Johann Orth (Zweiter von rechts) mit seiner Mannschaft an Bord des Schiffes Bessie

5. Kapitel – Franz Josef und die Gründung der Hubertusstiftung

Die 1. Internationale Jagdausstellung wurde am 07. Mai 1910 zu Ehren des 80. Geburtstages von Kaiser Franz Josef im Prater in Wien im großen Kuppelbau der Rotunde feierlich eröffnet. Niemand konnte bei der Planung und Organisation damit rechnen, dass dieser Jagdschau ein riesiger Erfolg beschieden sein würde, sowohl hinsichtlich der Anzahl der Aussteller, der Besucherzahl, aber auch bezüglich des finanziellen Erlöses. Franz Josef, der den Ehrenschutz darüber übernommen hatte, durfte auch etliche Staatsoberhäupter deswegen in Wien begrüßen. Der bereits im April 1910 in Wien weilende US-Präsident Roosevelt konnte schon vor der feierlichen Eröffnung die Veranstaltung und die Exponate sehen. Bei diesem Anlass sagte auch der Kaiser zum Präsidenten den berühmten Ausspruch: „Ich bin der letzte Monarch der alten Schule."

Die Jagd, die Franz Josefs größte Leidenschaft zeit seines Lebens sein sollte, bildete auch das zentrale Ereignis seiner Sommeraufenthalte in Bad Ischl. Schon als Kind durfte er Vater und Onkel zur geliebten Gamsjagd begleiten und im Jagdrevier der Hohen Schrott, aber auch im Rettenbachtal hatte er seine persönlich größten Jagderlebnisse. In der Ischler Kaiservilla schmückten insgesamt 2200 von ihm erlegte Trophäen aus fast 70 Jagdsaisonen das

Haus. Bekannt war aber auch, dass er vor allem im hohen Alter für seine private Kleidung wenig aufsehen machte und für sich selbst auch keine hohen Ansprüche stellte. So schlief er in einem Eisenbett und begnügte sich mit einfachen Mahlzeiten. Obwohl er also nur geringe Beziehung zu den Gegenständen des täglichen Gebrauches hatte (wie auch aus seinen Briefen vor allem zu Katharina Schratt ersichtlich ist), war er doch zumindest im hohen Alter mitfühlend, wenn es die Sorgen oft ihm fremder Menschen betraf.

Nach den Feierlichkeiten anlässlich seines Geburtstages am 18. August im Jahre 1910 reservierte er sich wenige Tage für Jagdausflüge. Er verfügte dafür über einige ihm zugeteilte Berufsjäger, die durchwegs beim k. k.-Forstaerar beschäftigt waren und die ihn je nach Revier begleiteten und führten. Bei diesen Jagden in Ischl waren Sicherheitsdienste hingegen fast nie zugegen. Er verlangte aber von allen seinen Mitarbeitern, somit auch den Berufsjägern und Forstbeamten absolute Loyalität sowie Pünktlichkeit und Korrektheit. Dem besonders im Inneren Salzkammergut schon traditionellen Wildererunwesen, welches sich fast zu einem Brauch auch aus sozialen Hintergründen entwickelt hatte, stand er hingegen sehr reserviert gegenüber. Die Bediensteten waren auch angewiesen mit großer Härte aufgegriffenen Wildschützen zu begegnen und unverzüglich Anzeige bei der Gendarmerie zu machen. In den meisten Fällen wurde Wilderei – abgesehen vom Verfall der Waffen und Trophäen – mit Gefängnisstrafen geahndet.

Abbildung 45 – Kaiser Franz Josef in Jagdbekleidung, Bild in der Aula der Försterschule Bruck/Mur

In diesen Tagen wurde er zumeist von Berufsjägern, einem Büchsenspanner und 2–3 Hilfsjägern begleitet. Obwohl er kaum als Gesprächspartner geschätzt wurde – selbst Festessen in Schönbrunn durften kaum mehr als eine Stunde dauern – und er auch nicht in der Lage war, persönliche und unverfängliche Gespräche zu führen, verlief es bei den Jagden doch etwas anders. Hier sprach Seine Majestät mit seinen Begleitern in der Jägersprache, zeigte auch Interesse an der Natur und den landschaftlichen Schönheiten und ging vielleicht am ehesten aus seinem selbst erzeugten Panzer der Unnahbarkeit und seiner anerzogenen menschlichen Distanziertheit heraus. Er erkundigte sich dabei auch um die Lebensumstände dieser Jäger und Forstleute und soll schon das eine oder andere Mal anlässlich der Strecke eines kapitalen Bockes Gulden vergeben haben. Da man 1870 für einen Gulden den Gegenwert von 6 kg Brot erhielt, waren diese Zuwendungen sicherlich eine willkommene Aufbesserung der geringen Entlohnung des Forst- und Jagdpersonals (der Bruttolohn je Woche betrug 6 Gulden). Ab 1892 wurde die Belohnung natürlich entsprechend der Währungsreform in Kronen ausgehändigt (1910 bekam man für 1 Krone 3 kg Brot, wobei der Bruttolohn eines Forstarbeiters pro Woche 18 Kronen betrug).

Nach einem erfolgreichen Jagderlebnis zu dieser Zeit musste ihm jedoch kurz danach mitgeteilt werden, dass ein junger Hilfsjäger bei einem Pirschgang offensichtlich von einem Wilddieb erschossen worden war. Die Witwe dieses verstorbenen persönlichen Begleiters ersuchte alsbald auch um Audienz, die ihr auch unverzüglich gewährt wurde. Die Sorge der Frau galt aber nicht nur dem Verlust der Wohngelegenheit, einer einfachen ärarischen Jagdhütte, sondern vor allem auch der künftigen Erziehung und Weiterbildung ihrer nunmehr drei halbverwaisten Kinder. Aus Mitgefühl ließ er der Frau eine doch beträchtliche Geldsumme zukommen und versprach ihr, sie bei der Ausbildung ihrer Kinder zu unterstützen. Auch in den nächsten Tagen beschäftigte er sich mit diesem Thema mit sehr großem Interesse und in weiteren Gesprächen konnte er sich ein Bild von den nicht gerade rosigen Aussichten bezüglich der Ausbildung der oft zahlreichen Kinder seiner Berufsjäger und Forstbeamten machen. Somit reifte in ihm nun der Entschluss, für die Kinder von bedürftigen und würdigen Berufsjägern eine Unterstützungsinstitution zu schaffen, die deren Ausbildung und Erziehung ermöglichen sollte. Diese sollte womöglich im Salzkammergut wegen der Nähe zu den vielen dort ansässigen Förster- und Jägerfamilien sein.

Abbildung 46 – Das Kurbad Gmunden an der Esplanade um 1900

Anlässlich eines Besuches in Gmunden – zuvor war er noch auf einer Trauerfeier in Traunkirchen anlässlich des Seetodes von 14 jungen Menschen, die bei einer Hochzeitsfeier in einem Sturm umkamen – traf er mit Ernst August von Hannover zusammen, der ja ein Schwager des im gleichen Jahre verstorbenen englischen Königs Edward VII.

war. Im Beisein auch anderer prominenter Sommerfrischler von Gmunden wie Herzog Philipp von Württemberg und dessen Gattin Erzherzogin Maria Theresia sowie Graf Thun-Hohenstein wurde die große Bautätigkeit in Gmunden besprochen. Sowohl Ernst August (Schloss Cumberland) als auch Philipp (Villa Maria Theresia heute Schloss Württemberg) und Thun-Hohenstein (Königinvilla) hatten für ihre Familien große Sommerresidenzen erbauen lassen, aber auch viele andere Aristokraten und Künstler weilten damals am Traunsee. So logierte auch in der von ihm gekauften Villa Traunblick in Altmünster – es war die ehemalige Villa der Wesendoncks, in der auch Richard Wagner musizierte – im Sommer der spätere Kurator der Stiftung Ritter von Gutmann. Wehmütig streifte der Blick des Kaisers über die Halbinsel Ort, die nunmehr mit ihren 2 Schlössern und der Villa Toscana gepflegt, aber ohne Aufgabe vor ihm lag. Johann Orth (vormals Erzherzog Johann Salvator) galt bereits seit 20 Jahren als verschollen und dessen Mutter, Großherzogin Maria Antonia, verstarb im gleichen Jahr wie Kaiserin Elisabeth. Zwar wohnten in den beiden Schlössern auch Parteien, doch waren diese lediglich mit der Pflege der Liegenschaft beschäftigt. Vielleicht gab es doch eine Möglichkeit, hier ein wertvolles Schülerheim mit Fachausbildung zu schaffen?

Abbildung 47 – Kaiser Franz Josef in Gmunden

Am 06. Mai 1911 wurde durch das Obersthofmarschallamt Johann Orth, der ehemalige Erzherzog Johann Nepomuk Salvator von Toscana, für tot erklärt und sein Testament veröffentlicht. Der Orter Besitz war darin zwar von Erzherzog Johann seiner Mutter vermacht worden, doch durch ihren Tod gab es keinerlei direkte Erben. Daher sollte dieser gesamte Nachlass verkauft werden, außer einigen ganz persönlichen privaten Vermächtnissen. Bei der Aufnahme des Inventars der Schlösser und der Villa Toscana fand man auch den Schreibtischkalender Johann Orths in seinem Arbeitszimmer, der noch den 07. Oktober 1889 – offensichtlich seinen endgültigen Abreisetag – anzeigte. Der wertvolle Nachlass wurde in den Jahren 1912 und 1913 in Berlin versteigert, wobei berichtet wurde, dass allein für die erste Auktion in Berlin 11 Lastwägen zum Transport des beweglichen Gutes benötigt wurden. Es wurden aber auch Briefe und Kompositionen sowie Bücher und seltene Drucke aus dem Besitz Johann Orths bei der zweiten Versteigerung angeboten. Diese wurden durch viele private Personen erworben, die sich viel später aufgrund deren Besitzes als Nachfolger oder Verwandte von Johann Orth ausgeben sollten. Selbst im 21. Jahrhundert glaubten Personen wegen des Besitzes solcher Unterlagen sich als potentielle Nachfahren betiteln lassen zu können. Kaiser Franz Josef kaufte übrigens privat alle Briefe Johann Orths, die im Besitz der drei Schwestern Ludmilla Stubels, der Lebensgefährtin Johann Orths waren, auf und ließ diese angeblich vernichten. An die Schwestern aber ließ er eine große jährliche Rente ausbezahlen. Offensichtlich gab es doch die Verschwörung Rudolfs, denn sonst hätte der eher sparsame Kaiser nicht diese großzügige Geste bewiesen.[28] Die Gründung der Stiftung erfolgte schließlich mit dem Gewinn aus der 1. Internationalen Jagdausstellung in der Höhe von 710 000 Kronen (entspricht einem Gegenwert von 21,5 Mio. Euro im Jahre 2008) und sollte für immerwährende Zeiten den Namen des Kaisers tragen. Mit Stiftbrief vom 01. Juli 1912 wird auch bestimmt, dass die Kinder bedürftiger und würdiger Berufsjäger entweder unentgeltlich oder gegen teilweise Vergütung der Selbstkosten für Verpflegung und Erziehung in diese besondere Stiftungsanstalt, die sich auf land- und forstwirtschaftliche Ausbildungen spezialisieren sollte, aufgenommen werden könnten. Durch Veranstaltungen sollten auch die Mittel der Stiftung vermehrt werden können.

INSTRUKTION

FÜR DIE

K. K. FÖRSTER-SCHULEN.

FÜNFTE DURCHGESEHENE UND ERGÄNZTE AUFLAGE DES „PROGRAMMES UND UNTERRICHTS-
PLANES FÜR DIE VOM K. K. ACKERBAU-MINISTERIUM ERRICHTETEN FÖRSTER-SCHULEN NEBST
DEN VERHALTUNGS-VORSCHRIFTEN FÜR DIE ZÖGLINGE".

WIEN.
AUS DER KAISERLICH-KÖNIGLICHEN HOF- UND STAATSDRUCKEREI.
1903.

Abbildung 48 – Schulplan für Försterschulen in der Monarchie

Ein Kuratorium bestehend aus 4 Oberkuratoren, die vom Kaiser bestellt werden sollten, sowie 6 weiteren Kuratoren, die von den Oberkuratoren ausgewählt werden, sollten diese Stiftung führen. Im Stiftungsbrief wurde auch festgelegt, dass für die Führung der Institution Statuten, die Aufnahmebedingungen und eine Heimordnung erstellt werden müssten. Offensichtlich war Franz Josef bzw. dem Präsidium der Ersten Internationalen Jagdausstellung das Gedeihen der Stiftung ein großes Anliegen, da doch höchste Vertreter des Adels, des Großgrundbesitzes und der Hochfinanz in das Kuratorium berufen wurden:

Oberkurator Maximilian Graf Thun-Hohenstein, Oberstjägermeister und Großgrundbesitzer
Oberkurator-Stellvertreter Johann Prinz Schwarzenberg, Großgrundbesitzer
Oberkurator-Stellvertr. Franz Graf Colloredo-Mannsfeld, Großgrundbesitzer
Oberkurator-Stellvertreter Hugo von Noot, Großindustrieller
Kurator Anton Dreher, Industrieller und Brauereibesitzer
Kurator Stanislaus Graf Stadnicki, Großgrundbesitzer
Kurator Rudolf Ritter von Gutmann, Industrieller und Gutsbesitzer
Kurator Felix Stiaßny, Architekt, Bauunternehmer und Großindustrieller
Kurator Kommerzialrat Ing. Wilhelm Robert Huber, Bankdirektor
Kurator Dr. Emil Widmer, Bankdirektor

Abbildung 49 – Eine Ansicht der Orter Halbinsel mit den Schlössern um 1910

Seit der Stiftungsgründung und der Einsetzung des Kuratoriums war es des Kaisers Interesse, die Jugendheimstiftung Hubertus in das Landschloss Ort zu bringen, um dort junge Menschen auszubilden.

Nach der Auflösung des erzherzoglichen Hausrates konnte nun an die Aufteilung der Liegenschaften geschritten werden. Auch hier blieb Franz Joseph in ständigem Kontakt mit dem Oberkurator Graf Thun-Hohenstein, um ja die Übertragung des Schlosses an die Stiftung verfolgen zu können. Mit Datum vom 01. April 1914 sollte schließlich der Kauf aus dem Nachlass Johann Orths und die Eintragung im Grundbuch durchgeführt werden. Der Rest des Vermögens war in 4½%igen Kommunal-Obligationen bei der Bodencreditbank angelegt, deren Direktor-Stellvertreter Dr. Widmer ebenfalls in das Kuratorium gewählt worden war. Das Seeschloss hingegen wurde aus dem Nachlass Johann Orths an das k.k.-Forstaerar mitsamt einer einmaligen Zahlung von 20 000 Kronen zwecks Weiterführung der Patronatspflichten übertragen. Die Villa Toscana samt dem östlichen Teil der Orter Halbinsel kam aber in den Besitz der Familie Wittgenstein, die den Besitz in den 60er Jahren des 20. Jahrhunderts an das Land Oberösterreich verkaufte.

> Stiftbrief
> über die
> Kaiser Franz Joseph Jugendheim Stiftung
> "Hubertus".
>
> ---------------------------------------
>
> Das gefertigte Kuratorium bekennt und beurkundet kraft dieses
>
> Stiftbriefes:
>
> I.
>
> Es habe das Präsidium der "Ersten Internationalen Jagdausstellung in Wien 1910" das Reinerträgnis der zur Feier des achtzigsten Geburtsfestes Seiner Majestät des Kaisers Franz Joseph I. im Jahre 1910 in Wien veranstalteten Jagdausstellung für eine Stiftung zugunsten der Kinder von Berufsjägern mit folgenden Bestimmungen gewidmet:
>
> § 1. Diese Stiftung hat für immerwährende Zeiten den Namen Kaiser Franz Joseph Jugendheim Stiftung " Hubertus " zu führen.
>
> § 2. In diesem Jugendheim werden nach Zulänglichkeit der Mittel und des Raumes und nach dem vom Stiftungskuratorium näher festzusetzenden Organisationsstatute Kinder bedürftiger und würdiger Berufsjäger sei es unentgeltlich, sei es gegen teilweise Vergütung der Selbstkosten behufs Verpflegung und Erziehung aufgenommen.
>
> § 3. Der Aufwand für dieses Jugendheim ist in erster Linie aus den Erträgnissen des Stiftungsvermögens zu bestreiten; überdies ist das Stiftungskuratorium berufen, durch Veranstaltungen und Vorkehrungen verschiedener Art die Mittel der Stiftung zu vermehren.
>
> § 4. Das Stiftungsvermögen ist von einem Kuratorium zu verwalten, welches aus einem Oberkurator, drei Oberkurator-Stellvertretern und sechs Kuratoren besteht. Der Oberkurator und dessen Stellvertreter

Abbildung 50 – Stiftungsbrief vom 1. Juli 1912

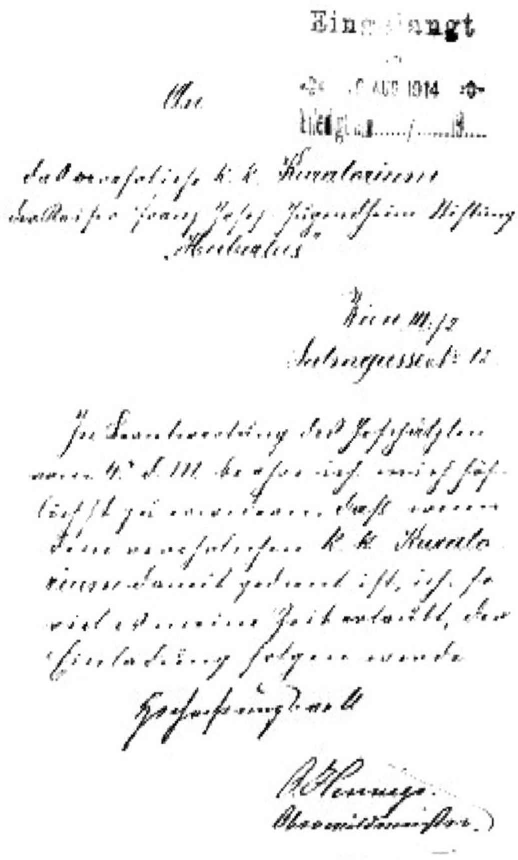

[Handschriftlicher Brief, teilweise unleserlich]

Abbildung 51 – Brief des Oberwildmeisters Hennigs an das Kuratorium

Graf Thun-Hohenstein, der seine Hauptresidenz in seinem Palais in Wien III, Salmgasse hatte, gründete zunächst auch ein örtliches Kuratorium, das aus den honorigsten

Personen Gmundens bestand. Es sollte vor Ort die Führung der Stiftungs- und Lehranstalt überwachen und beraten, sowie auch diese Institution fördern. Am 21. Juli 1914 konstituierte sich dieses Lokalkomitee im Landschloss schließlich unter der Führung des k.k.-Hofrates Arthur Krahl, Forstdirektor in Gmunden. Unter diesen 10 Personen waren auch der Forstmeister Dr. Schönwiese, der der spätere Direktor der Försterschule (1919–1922) wurde und sodann Aufsichtskommissär der Schule (1922–1929 – entspricht einem Schulinspektor) war, aber auch die Bürgermeister von Gmunden und Altmünster, ein Rechtsanwalt, ein Oberwildmeister und weitere Schuldirektoren. Man begann auch sofort im April 1914 mit dem Umbau des Schlosses, um bereits im Herbst mit der Aufnahme der Schüler und dem Betrieb des Internats beginnen zu können und erstellte auch das nötige Organisationsstatut.

Abbildung 52 – Kassettendecke mit Bild des „Heiligen Georg" im heutigen sogenannten Reiterzimmer, einem ehemaligen adaptierten Klassenraum

Dazu wurden die Räume im Obergeschoss mit Eisenöfen und neuer Einrichtung ausgestattet, Toiletten und Waschräume ausgebaut und 2 Klassenzimmer im Erdgeschoss des Osttraktes eingerichtet. Die Pferdestallungen wurden zu einem schönen Speisesaal samt Küche umgebaut, wobei die Säulen und Kreuzrippengewölbe erhalten wurden und auch noch heute erkennbar sind. Es wurde auch mit der Aufnahme von Personal für die Küche, den Garten- und Hausbereich begonnen, um im September 1914 den Internats- und Schulbetrieb aufnehmen zu können. Zur Erinnerung an den Stiftungsanlass gelangten auch sechs Jugendstilgemälde von Alois Hans Schram (1864–1919) in das Landschloss Ort. **„Sie versinnbildlichen in allegorischer Darstellung die verschiedenen innerhalb der Gemarkungen der cisleithanischen Reichshälfte in Betracht kommenden Jagdarten"** und hingen ursprünglich im so genannten Österreichischen Reichshaus auf dieser Ersten Internationalen Jagdausstellung in Wien. Dargestellt wurden dabei die Jagdarten Hochwild-, Hochgebirgs-, Wasserwild-, Niederwild-, Rehwild- und Raubwildjagd.

Abbildung 53 – Der Festsaal mit den großen Wandbildern von der Jagdweltausstellung

Als am 28. Juli 1914 jedoch die Kriegserklärung Österreich-Ungarns an Serbien erfolgte und der Kaiser sein Manifest „An meine Völker" in Bad Ischl schrieb, wird so das Ende der Monarchie eingeläutet. Kaiser Franz Josef selbst kam nach diesem Sommer 1914 nie mehr ins Salzkammergut, sondern regierte die letzten beiden Lebensjahre nur noch von Wien aus. Natürlich musste nun auch das alte Stiftungskuratorium reagieren und das umgebaute Landschloss Ort sollte nun seine Bestimmung kriegsbedingt und kurzfristig (so dachten die Kuratoren) wechseln. Es wird daher ab 01.10.1914 zum Lazarett für Unteroffiziere und Offiziere der k.k.-Armee während des 1. Weltkrieges erklärt und eingesetzt und Dr. Schönwiese, der als Direktor der Anstalt auserkoren war, versieht als Delegierter des Roten Kreuzes die Aufsicht für das Lazarett und Genesungsheim. Ein humanitärer und wertvoller

Dienst des Schlosses im Rahmen der Bildung wurde damit zwar verzögert, aber nicht verhindert.

K. k. Kuratorium der Kaiser Franz Joseph Jugendheim-Stiftung
„Hubertus"
Wien, III/2, Salmgasse Nr.12

Pſt. Poſtſparkaſſen-Kto.
Nr. 149.090

Telephon Nr. 4172

Wien, am 13. August 1914.-

Euer Hochwohlgeboren !

Sehr geehrter Herr Hofrat !

Unter höflicher Bezugnahme auf unser ergebenes Schreiben vom 4. ds. Mts. beehren wir uns Euer Hochwohlgeboren die Mitteilung zu machen, dass die nachstehenden Herren bereits ihre Zustimmungserklärung zum Eintritt in das Gmundner Lokalkomitee abgegeben haben und zwar:

Herr Dr. Robert FUCHS,

" Oberwildmeister Otto HENNIGS,

" Bürgermeister Dr. Ferdinand KRACKOWIZER,

" Bürgermeister Franz REISENBICHLER,

Abbildung 54 – Brief der Stiftung an Hofrat Krahl über die Aufnahme von Personen in das Lokalkomitee 1914

6. Kapitel – Die Kaiser Franz Josef Jugendheimstiftung Hubertus

Nach dem Ende des Ersten Weltkrieges verließen im November 1918 allmählich die letzten Kranken und Verwundeten der k.k.-Armee das Lazarett im Landschloss Ort und das Kuratorium trat in Wien im Feber 1919 wieder zusammen. Alles hatte sich jedoch grundlegend verändert: Es gab keine Monarchie, die neue Heimat und Republik Deutschösterreich war sehr klein und von allen seinen Bewohnern in dieser Form und Größe unerwünscht, die Bevölkerungsstruktur stark im Wandel begriffen, die Inflation stieg permanent und die alten Arbeitsplätze waren großteils auch nicht mehr vorhanden, sodass bereits viele Arbeitslose die Straßen bevölkerten. Das Habsburgergesetz war in Kraft getreten und die Revolution von 1918 ließ noch immer Kämpfe unter den Menschen entfachen. Die Aristokratie hatte zu diesem Zeitpunkt ebenfalls sehr große Probleme und musste sich erst in dieser neuen Zeit, in der die Vorrechte des Adels aufgehoben worden waren, zurechtfinden. Im Kuratorium kämpfte Graf Thun-Hohenstein trotz dieser widrigen Umstände um den Weitererhalt der Stiftung und die Nutzung der Orter Liegenschaft im Sinne des Stifters und die Meldungen aus Gmunden besagten auch, dass sich das Schloss noch immer in ordentlichem Zustand befände.

Angesichts der wirtschaftlichen Not wurde aber auch klar erkannt, dass zukünftig die Forst- und Holzwirtschaft ein großer Wirtschaftsfaktor bleiben sollte und dass eine gute und umfassende Ausbildung auf diesem Gebiet weiterhin dringend notwendig sein würde. Mehrere Kuratoriumsmitglieder waren selbst Forstbesitzer und wussten um die schlechte Ausbildungssituation im kleinen Deutschösterreich für angehende Forstleute: Es gab zwar die Försterschule Bruck/Mur als Höhere forstliche Lehranstalt und noch die zwei einjährigen Forstschulen für den niederen Forstdienst in Gusswerk und in Hall/Tirol, wobei in diesen beiden seit den letzten Kriegsjahren der Unterricht wegen Einberufung der Anwärter allerdings eingestellt worden war. Besonders viele Forstleute ließen leider im Ersten Weltkrieg ihr Leben „für Gott, Kaiser und Vaterland", da sie als Gebirgsjäger an allen Fronten eingesetzt werden konnten, ihre Ausbildung auch für den technischen Militärdienst vorzüglich war und sie ein hohes Maß an Heimattreue mitbrachten. Außerdem waren die Absolventen im Umgang mit Waffen wegen der Kenntnisse aus dem Jagdunterricht selbstverständlich anderen Militärs überlegen. Da für die junge Republik viel mehr junges Forstpersonal benötigt werden würde, weil die Reparationszahlungen an die Siegermächte großteils durch Holzlieferungen erfolgen sollten und die beiden niederen Försterschulen in Gusswerk und Hall sich in einem besonders desolaten Bauzustand (undichte Dächer, nur kaltes Wasser, keine Küche oder Wäscherei) befanden, beschloss man eine neue Schule für die Ausbildung zum Forstwart bzw. niederen Forstdienst in Ort zu begründen. Weiters war von besonderer Bedeutung auch der Umstand, dass eine Verköstigung im Schloss selbst möglich war und Nahrungsmittel wie Gemüse, Obst und Kleinvieh im eigenen Umfeld mit Schülern und Bediensteten produziert werden konnten, in Hall/Tirol und in Gusswerk, wo von Gastronomiebetrieben zugeliefert worden war, schien wegen der großen Lebensmittelknappheit in dieser Zeit ein normaler Unterrichts- und Internatsbetrieb nicht möglich zu sein. Die Kontaktaufnahme zwischen dem Stiftungskuratorium und dem Staatsamt für Landwirtschaft (damaliger Begriff für Ministerium) erfolgte daher noch zu Beginn des Frühjahrs 1919 und beide Seiten sahen große Vorteile in einer gemeinsamen Vorgangsweise.[29]

Mit dem damaligen Staatsamt für Land- und Forstwirtschaft wurde daher 1919 ein für die Republik sehr günstiger Bestandsvertrag (keine Mietkosten für die Republik) zur Führung einer Schule vorerst für die Dauer von drei Jahren geschlossen, der sich automatisch um ein weiteres Jahr verlängern würde. Bis 1924 war die „Staatsförsterschule Gmunden" der Forst- und Domänendirektion Gmunden auch wegen deren Personalressourcen für den Unterricht zugeteilt, danach – nach Ausgliederung der neuorganisierten Österreichischen Bundesforste als eigenständigem Wirtschaftskörper der Staatsverwaltung – dem Bundesministerium für Land- und Forstwirtschaft direkt unterstellt. Das Übereinkommen wurde auch 1924 sowie 1934 jeweils um 10 Jahre verlängert. Die adaptierten Räumlichkeiten wurden also unentgeltlich zur Verfügung gestellt, ebenso das Wasser aus der eigenen Wasserleitung vom Gmundnerberg sowie der Obst- und Gemüsegarten. Beide letzteren und auch die Kleinviehhaltung ermöglichten somit in diesen Notzeiten eine gute Lebensmittelversorgung der Schüler. In einem Schreiben des Oberkurators Thun vom 12.06.1919 wird die Bezirkshauptmannschaft Gmunden ersucht **„den Bezug (Zuweisung) von Lebensmitteln gütigst zu ermöglichen, um die hochhumanitären Zwecken dienende Anstalt per 15.09.1919 eröffnen zu können"**. Die Räume waren in gutem Bauzustande und die Stallungen für Kleinvieh vor Übergabe instand gesetzt worden. Von den 3 Bediensteten (Wirtschafterin, Gärtner und Hauswart) wurde der Hauswart weiter von der Stiftung bezahlt, die Bezahlung der beiden anderen wurde aber teilweise von der Försterschule übernommen. Die Einrichtung der Försterschule erfolgte einerseits durch die Stiftung selbst, andererseits auch aus dem Inventar der beiden geschlossenen Bildungsstätten Hall/Tirol und Gusswerk und ist sogar in Resten heute noch an der Forstlichen Ausbildungsstätte Ort vorhanden (Bücher, Karten, Werkzeuge, Bilder, Pläne, diverse Geräte und Modelle).

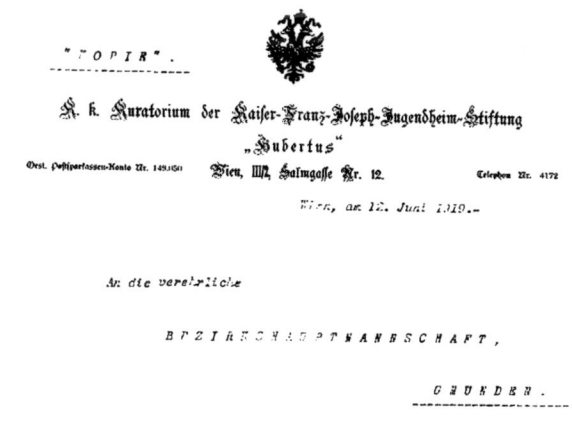

Abbildung 55 – Brief der Stiftung an die Bezirkshauptmannschaft

Das Lehrpersonal rekrutierte sich somit großteils aus Personen des Forstwirtschaftsbezirkes Aurach (später in Forstwirtschaftsbezirk Ort umbenannt), die im Seeschloss untergebracht war. Deren Leiter, Dr. Schönwiese war zugleich auch Direktor der Schule. In einem Schreiben an die Forstdirektion Gmunden vom 02.07.1919 stellt das Staatsamt weiters fest, **„dass die endliche Eröffnung der Försterschule eine unerlässliche Notwendigkeit sei".** Dies war auch umso mehr von Bedeutung, da ja wegen der großen Reparationsforderungen der Siegermächte des Ersten Weltkrieges, welche großteils auch mit Holz geleistet wurden, Österreich den Holzeinschlag in den Jahren 1920 bis 1928 erheblich steigern musste. Die Ausbildung selbst war bis 1934 als Ausbildung für den Niederen Forstdienst einjährig. Ab da wurde sie zur Höheren Forstlehranstalt und damit zweijährig, wobei vom Bewerber für eine Aufnahme an eine Försterschule ein Jahr Vorpraxis in einem Forstbetrieb zu absolvieren war.

Abbildung 56 – Jahrgang 1927/28 im Innenhof des Landschlosses vor der Wappenwand

Die Gründe für diese Veränderung lagen nämlich in der Schließung der Höheren Forstlehranstalt in Bruck/Mur im Jahre 1934 wegen Geldmangel, da einerseits der Schulerhalter, das Land Steiermark, diese aus finanziellen Gründen nicht mehr weiterführen konnte und die Republik wider besseres Wissen nicht in der Lage war – wie übrigens auch 70 Jahre später – sich eine zweite Bildungsstätte für Förster zu leisten, obwohl diese dort nicht nur über die Forstwirtschaft lernten, sondern auch Jagdwirtschaft, Wildbach- und Lawinenverbauung, Wasserwirtschaft und Umweltschutz. Dass erst die deutsche Fremdherrschaft die Försterschule Bruck/Mur im Herbst 1938 wieder eröffnen musste, ist ein typisches Beispiel für die auch heute noch immer schlecht dotierte und kurzsichtige Bildungspolitik in Österreich.

Abbildung 57 – Jahrgang 1932/33 vor dem Tor, noch mit der Keramiktafel der Stiftung Forstschuldirektor Jung in der ersten Reihe sitzend der Sechste von links

Die Försterschule Ort konnte aber die Republik, die zu dieser Zeit einen zerstörerischen und menschen- und bildungsverachtenden Sparkurs führte, auch nur deswegen geöffnet halten, da die Hubertus-Stiftung zum größten Teil das Haus, Teile der Betriebskosten und auch einiges Personal finanzierte. Obwohl laufend Renovierungsarbeiten durchgeführt wurden (die alte Schindeldeckung wurde noch unter Erzherzog Johann Salvator aufgebracht und hielt somit mehr als 50 Jahre), wurden 1935 durch den notwendigen Ausbau nunmehr zu einer Höheren Lehranstalt der Festsaal neu adaptiert, die Küche (Warmwasseraufbereitung) sowie die Internatsräume (Dauerbrandöfen) im Stock erneuert und auch die Wappenwand samt Innenhof renoviert.

Jahresbericht

über den

Jahrgang 1932/33 der Bundesförsterschule in Ort bei Gmunden.

I. Schulchronik.

15. IX. 1932.	Eintreffen und Meldung der 40 Zöglinge, Einführung in das Internat und ärztliche Untersuchung.
16. IX.	Beginn des regelmäßigen Unterrichtes mit den 40 Schülern.
21. IX.	Austritt des Försterschülers Alfons Sabal.
30. IX.	Eintritt des Försterschülers Friedrich Steinacher, der an Stelle des ausgetretenen Schülers Sabal aufgenommen wurde.
23. XII. 1932 — 6. I. 1933.	Weihnachtsferien.
15. II.	Halbjahresabschluß.
11.— 18. IV.	Osterferien (11 Schüler blieben über Ostern in der Anstalt).
V., VI.	Jungschützenlehrgang des Schützenvereins Gmunden für die Försterschüler unter der Leitung des Herrn Majors i. R. Viktor Ingram.
29. VI.	Schluß-Besichießen der Zöglinge.
10.— 15. VII.	Schlußprüfungen unter dem Vorsitz der Herren Sektionschef Dr. Eugen Kopetzky-Rechtberg und Ministerialrat Ing. Franz Schmid.

II. Unterricht.

A) Theoretischer Unterricht.

Gegenstände	Wochenstunden	
	im Winterhalbjahr	im Sommerhalbjahr
a) Hilfsgegenstände:		
Rechnen	2	2
Land- und Almwirtschaft	1	1
Feldmessen	1	1
Zeichnen	6	1/2
Rechtschreiben	1	1/2
Turnen	2	2
b) Fachgegenstände:		
Forstbotanik	2	2
Waldbau	4	4
Forstbenutzung	5	6 1/2
Forstschutz	5	5
Holzmeßkunde	1	2
Forstbetriebseinrichtung	1	2
Forstliche Baukunde	2	3 1/2
Gesetzkunde	2	2
Jagd	3	3
Fischerei	1	1
Zusammen	39	38

Abbildung 58 – Jahresbericht der Försterschule 1933

1939 schrieb die Forstschule anlässlich ihres 20-jährigen Bestehens, dass in Ort 755 Försteranwärter ausgebildet worden waren und diese ein Drittel der in der Ostmark tätigen Revierförster stellten. Grundlage für die forstliche Ausbildung und auch die Anstellung im Forstbetrieb war nämlich noch immer das aus dem Jahre 1852 stammende Reichsforstgesetz. Solange die Schule nur einklassig geführt wurde, gab es bis zu 40 Schüler pro Jahrgang, die in den Theoriefächern in einer Klasse unterrichtet wurden, danach waren rund 38 Schüler pro Jahrgang gemeldet. Hauptberuflich waren bis 1934 lediglich 3 Lehrer pro Jahr tätig, hinzu kamen noch teilbeschäftigte Lehrer und Erzieher. Diese Zahl erhöhte sich ab 1935 wegen der zweijährigen Schulausbildung sodann auf 7 vollbeschäftigte Lehrkräfte. Anfang der 30er Jahre kam der Schulbesuch eines Schülers pro Jahr auf fast 1100,–öS. Die Kosten von 830,–öS wurden dabei vom Staat getragen, der Rest waren Aufwendungen, die vom Schüler zu tragen waren (Verpflegung, Hefte und Bücher, Kleidung und anderes). Das zusätzlich zu entrichtende Schulgeld belief sich je Schüler und Jahr auf weitere 20,–öS. Für bedürftige Schüler trat ein Verein zur Erhaltung der Internatswirtschaft als Unterstützer (heute etwa Elternverein) auf. In dieser Zeit betrug der Bruttolohn pro Woche 60,–öS und 1 kg Brot kostete 0,55,–öS. Die gute Ausbildung von Kindern war also damals durchaus eine große Belastung der Eltern und machte pro Jahr um einiges mehr als einen durchschnittlichen Monatslohn aus. Da mehr als die Hälfte der Schüler aber auch aus einem Elternhaus mit forstlicher oder jagdlicher Vorbelastung stammten, wurden somit die Grundgedanken der Stiftung selbst in der Republik noch wirklich erfüllt.

Doch auch diese Tätigkeit scheint wieder den Ungeist aus den Bauernkriegen hervorgerufen zu haben, und so kam es im Jahre 1938 zur unseligen Okkupation Österreichs. Dieses Land war aber zu diesem Zeitpunkt schon heillos gespalten, niemand wollte mehr tatsächlich an die österreichische Idee glauben und die Nazi- und Anschlussanhänger waren bereits in den höchsten Positionen tätig. Besonders im Salzkammergut gab es wichtige Nationalsozialisten, wie z. B. den späteren Landwirtschaftsminister und Anschlussunterzeichner Ing. Reinthaler, der im Deutschen Reich ein unglaublicher „Ämterkumulierer" (unter anderem auch Landesforst- und Landesjägermeister, Gauamtsleiter für Agrarpolitik, Unterstaatssekretär im Reichsernährungsministerium, Brigadeführer der SS) wurde. 1934 war er noch wegen nazistischer Tätigkeit als Forstingenieur bei der damaligen Wildbach- und Lawinenverbauung zwangspensioniert worden und zu Recht erfolgte auch nach 1945 eine Anzeige wegen Hochverrates, aber natürlich ebenso wie viele andere in der Nachkriegszeit wurde auch er freigesprochen. Er durfte sogar unter den Augen der ohne Parlament regierenden Ständestaatsregierung und des damaligen oberösterreichischen Landeshauptmannes ungeniert bis zur Besetzung 1938 seine Nazibesprechungen in Bad Ischl und im Salzkammergut weiterhin abhalten.

Die Liquidation der Stiftung, dieser wirklich wertvollen humanitären und sozialen Einrichtung im Jahre 1939 per Bescheid Zl. II/4 160.198/39 durch das deutsche Ministerium für innere und kulturelle Angelegenheiten zugunsten der Deutschen Reichsjägerschaft war also auch das vorläufige Ende eines österreichischen Sendungsauftrages und zutiefst humanistischer Einstellung. Zu diesem Zeitpunkt waren vermutlich allerdings auch nur mehr 3 Kuratoren der Stiftung noch am Leben und sicherlich aus politischen, aber vor allem aus Altersgründen fehlte diesen die Kraft nochmals gegen das Unrecht aufzutreten. Außerdem sollte die Schließung der Stiftung und die Übertragung ihres Vermögens von einem hohen österreichischen Beamten des Landwirtschaftsministeriums, Forstschuldirektor Jung, initiiert werden und gegen bürokratische Intrigen war man damals – vielleicht auch noch heute – nahezu machtlos.

7. Kapitel – Hakenkreuz und Sternenbanner

Mit der Besetzung Österreichs änderten sich auch die politischen und rechtlichen Verhältnisse grundlegend. Der glühende Anhänger des Nationalsozialismus Forstschuldirektor Dipl. Ing. Erwin Jung begann alsbald nach dem sogenannten Anschluss die Jugendheimstiftung bei den NS-Behörden anzuschwärzen und eine Auflösung derselben zu betreiben. Geboren 1897 in Troppau im Sudetenland wurde er bereits mit 32 Jahren im Jahre 1929 Forstschuldirektor. Er ersetzte die noch in der Monarchie tätig gewesenen konservativen Personen, Schuldirektor Marzini und Aufsichtskommissär Dr. Schönwiese. Selbst heute noch eine erstaunliche Karriere, doch andererseits nicht verwunderlich, wenn man um die politische Stärke der Großdeutschen Partei und die Zahl der Nationalsozialisten (Illegalen) in der Ersten Republik weiß. Im Jahre 1929 ging schließlich die Regierungszeit von Bundeskanzler Seipel zu Ende und die politische Polarisierung in Österreich begann seitdem noch stärker zu werden.

Alles was den Namen Habsburg trug, wurde nach dem Anschluss unbarmherzig verfolgt. Jungs Hauptargument war damals, es wäre von der Stiftung zu wenig Geld für die Schlosserhaltung vorhanden. Dass dieses Argument unrichtig war, kann man auch daraus ersehen, dass die Deutsche Reichsjägerschaft neben der Übertragung der

Liegenschaft und des Landschlosses auch bewegliches Vermögen im Werte von 319 747,34 Reichsmark erhielt.[30] Selbst dieser Geldbetrag spiegelt nicht den wahren Wert wider, da der Umtausch des Schillings in Reichsmark zu Lasten des Schillings durchgeführt worden war. Dass in der Zweiten Republik 30 Jahre später wortwörtlich ebenso und auch bewusst unwahr argumentiert wurde, obwohl gemäß Staatsvertrag man dieses Vermögen von der Deutschen Jägerschaft hätte zurückfordern können und müssen, zeigt die noch immer vorhandene gewissenlose und verblendete Haltungsweise bestimmter Personen in hohen Positionen dieses Staates. Im Schreiben vom 26. Juli 1938 an das Amt des Beauftragten des Reichsforstmeisters fordert also Jung: „**... so wird beantragt ihre eheste Auflösung und die Übergabe des Gebäudes an das Amt des Beauftragten des Reichsforstmeisters in die Wege zu leiten.**" Dieser Pädagoge schreibt aber auch 1940 bei einer Umstellung der Försterausbildung: „**Ziel der Ausbildung muss es sein, auf dem Boden nationalsozialistischer Gesinnung stehende, pflichtbewusste, tüchtige, fachlich bestens ausgebildete Forstbetriebsbeamte heranzubilden.**"

Mit Recht wurde also nicht nur wegen dieser Haltung Forstschuldirektor Jung unverzüglich nach der Befreiung Österreichs im Frühsommer 1945 entlassen. Allerdings wurde er später amnestiert und konnte schließlich bis zum Forstdirektor des Landes Oberösterreich aufsteigen. Diese österreichische Haltung wurde durch den Schriftsteller Thomas Bernhard, dessen umfangreiches Archiv sich heute interessanterweise – eine seltsame Ironie des Schicksals? – neben dem Landschloss Ort befindet, später sehr kritisiert und in mehreren Theaterstücken angeprangert. Der unvergessene Bundeskanzler Leopold Figl spricht jedenfalls über diese unwürdige und menschlich inakzeptable Einstellung noch Ende des Jahres 1945 vor Beamten und Angestellten aber derart: **„Hart bestraft werden aber alle Illegalen, die als Beamte des früheren Österreich auf der einen Seite sich vom Staat bezahlen ließen und auf der anderen alles taten, um ihn zu zerstören."** Vielleicht haben aber nicht alle Beamten damals zugehört.

Staatliche Försterschule in Ort bei Gmunden, OD.

A b s c h r i f t !

21.597-1938
Bisheriger Aufwand
für die Hubertusstiftung.

Ort bei Gmunden, am 26. Juli 1938.

An das

Amt des Bauftragten des Reichsforstmeisters

in W i e n .

Das Landschloß Ort wurde auf Grund des Übereinkommens zwischen ... und dem Bund ... f. Land-u. Forstwirtschaft v. 24.

Da Stiftungen Vermögen sind, die dauernd gemeinnützigen Zwecken gewidmet werden, die Stiftung aber seit der Inflation nicht mehr in der Lage ist, ihren Zweck zu erfüllen, so wird beantragt ihre eheste Auflösung und die Übergabe des Gebäudes an das Amt des Beauftragten des Reichsforstmeisters in die Wege zu leiten.

Der Direktor:

Ing. J u n g e.h.

Abbildung 59 – Der Judasbrief des Forstschuldirektors Jung

Abbildung 60 – Weiterverkauf des Landschlosses an das Deutsche Reich

Die Stiftung wurde somit per 27.07.1939 liquidiert, doch auch die Deutsche Reichsjägerschaft zu Berlin erfreute sich nicht lange dieses schönen Besitzes. Bedingt durch die Kriegswirren musste sie die Liegenschaft 1942 an das Deutsche Reich – Reichsforstverwaltung um RM 150 000 weiter verkaufen, womit ihr knapp eine halbe Million

Reichsmark in 3 Jahren zugeflossen ist. Aber auch in der Verwaltung dieses Gebietes wurde eine große Veränderung vollzogen. Um die alte Kaiserstadt Bad Ischl mit seiner doch noch immer großen monarchistischen Tradition zu erniedrigen, musste die Bezirkshauptstadt Gmunden künstlich größer werden. Man trennte daher große Teile der Gemeinde Altmünster – darunter auch die Katastralgemeinde Ort – ab und gliederte sie Gmunden an, die damit so bevölkerungsreich wie Bad Ischl werden konnte.

Abbildung 61 – Unterschriften von Kursteilnehmern an einem Forstkurs 1940

Mit Verkürzung der Schulzeit auf 1 Jahr wegen der Anpassung an reichseinheitliche Vorschriften im Jahre 1940 konnte in Ebensee im November 1940 zusätzlich eine sogenannte Waldbauernschule für in der Forstwirtschaft Tätige als Außenstelle eingerichtet werden, die vom Lehrpersonal aus Ort mitbetreut wurde. Diese Kurstätigkeit wurde jedoch auch vorher schon durch die Försterschule Ort für Bauern,

Forstarbeiter und andere durchgeführt, wie das obige Dokument zeigt. Sogar diese Bildungsarbeit könnte man mit der Stiftungsidee durchaus vereinen, da sie damit auch die Veränderung in Österreichs Forstwirtschaft nachvollzieht und Weiterbildung auch anderen im Wald tätigen Personen zugute kommen ließ. Außerdem wurden auch viele praktische Ideen im Rahmen dieser Bildungsarbeit entwickelt, die später der gesamten Forstwirtschaft zugute kommen sollten. Jedenfalls entwickelte sich in Ort bereits in der 1. Republik eine forstliche Versuchs- und Forschungsarbeit.

Abbildung 62 – Försterschuljahresbericht 1944

Der Blutzoll der Försterschule während des Zweiten Weltkrieges war besonders hoch, wie man aus obigem Jahresbericht der Schule von 1944 ersehen kann. Dies war auch kein Wunder, wenn man an die Aufwiegelung der Schüler durch diesen Schuldirektor denkt, der auch für freiwillige Meldungen zum Wehrmachtsdienst geworben hatte und außerdem waren die Schulabsolventen aufgrund ihrer Ausbildung, Ausdauer und Herkunft natürlich das willkommene Kanonenfutter der Nazis für Militäreinsätze. Ebenso wie ihre Vorgänger bereits im Ersten Weltkrieg konnten diese jungen Menschen an allen kritischen Fronten eingesetzt werden und mussten so ihr Leben sinnlos für unmenschliche Ideen opfern.

Abbildung 63 – Die nahezu militärische Eröffnung der Waldbauernschule 1940

Im Herbst 1943 verlegte man die Waldbauernschule nach Ort, wo sie heute noch als Forstliche Ausbildungsstätte geführt wird. Das Areal und die Objekte in Ebensee sollten später dem dortigen Konzentrationslager, das als ein Außenlager des berüchtigten KZ Mauthausen gegründet wurde, noch bis zum Kriegsende dienen. Noch im April 1945, also bei Ende des Krieges (in Wien gab es bereits eine österreichische Regierung) wurde in Ort ein Kurs durchgeführt.[31]

Das Ende des Krieges im Salzkammergut war jedoch für die Nazigrößen nicht gerade rühmlich, da sie dort einfach nur unerkannt untertauchen wollten. Bereits kurz nach der Besetzung Österreichs wurde ja eine Neuaufteilung der nunmehrigen Ostmark durchgeführt, wodurch das steirische Salzkammergut zum Gau Oberdonau zugeschlagen wurde. So tummelten sich alsbald im Kreis Gmunden viele Personen aus dem Altreich. Da bewohnten Minister und SS-Bonzen Schlösser und Villen in Gmunden, Altmünster und Traunkirchen – die natürlich vorher enteignet worden waren – und vielleicht dachte auch der Reichskriegsminister, Feldmarschall, Reichsforstmeister und Reichsjägermeister Göring sogar daran, das Landschloss Ort zu einer gesellschaftlichen Einrichtung für seine Jagdfreunde aus dem Altreich zu machen, als dieses an die Deutsche Reichsjägerschaft übertragen wurde. Das nahe Linz sollte ja auch eine besondere Stadt nach Vorstellung des Führers werden und zum Gauleiter von Oberdonau Eigruber, der öfters im Landschloss gesichtet wurde und sogar die Waldbauernschule persönlich eröffnete, aber auch dem Landsmann Kaltenbrunner, dem Stellvertreter Himmlers (Chef des Reichssicherheitsdienstes), bestand ein sehr freundschaftliches Verhältnis von Hitler. Mit fortschreitender Kriegsdauer und der Zunahme der alliierten Luftwaffenangriffe wurde das geographisch gut geschützte Salzkammergut auch für andere Aktivitäten interessant. Im Salzbergwerk Altausee, aber auch im Salzbergwerk Bad Ischl wurden die wichtigsten Kunstgegenstände aus dem Reich, ebenso aber auch erbeutete Schätze deponiert. Für Raketen-, U-Boot- und andere Militärversuche gab es nicht nur am Toplitzsee, sondern auch um den Loser und in Redl-Zipf große Betätigungsbereiche. Obskur und sehr undurchsichtig waren auch die Versenkungsaktionen gefälschter Pfundnoten im Toplitzsee im Ausseerland, mit denen man ursprünglich auch einen Finanzkrieg gegen England führen wollte.

Gegen Ende des Krieges wurde schließlich sogar noch von einem Ausbau der Alpenfestung gesprochen, wodurch die Amerikaner natürlich nur langsam und vorsichtig vom Westen und Norden vordrangen. Viele Nazigrößen suchten auch ab dem Frühjahr 1945 im Salzkammergut Verstecke und verbargen sich in einsameren Gebieten und sogar auf Jagdhütten. Für alle Bautätigkeiten wurden auch Sklaven benötigt und das gar nicht kleine KZ-Lager in Ebensee – heute zu einer mahnenden Gedenkstätte ausgebaut – erinnert an diese schreckliche Zeit. Oberforstmeister und Forstschuldirektor Dipl. Ing. Erwin Jung war seit 1943 zusätzlich natürlich auch Leiter der Forstverwaltung Ort und des Ausbildungslagers für Deutsche Waldarbeit und hielt dort mit strenger Hand bis zum Kriegsende die Führung im Landschloss inne. Auch heute noch wird von diesem Menschen von jenen Personen, die ihn kannten, nicht sehr positiv gesprochen.

Abbildung 64 – Waldbauernschulung während des Krieges

Abbildung 65 – Waldbauernkurs im April 1945 kurz vor Kriegsende

Die amerikanischen Truppen kamen erst im Mai mit größeren Einheiten in das Salzkammergut, da sie von dem Begriff der Alpenfestung gehört hatten und keinerlei großes Risiko für Verluste eingehen wollten. Sie beschlagnahmten das Landschloss Ort daher auch erst nach Kriegsende und besetzten es vom 26. Juni 1945 bis 15. September 1946. Einerseits mussten in diesem Gebiet Truppen stationiert werden, andererseits wurden noch immer einige Nazis, aber auch militärische Geheimnisse und auch Schätze in dieser Region vermutet. Von Gmunden aus wurden in dieser Zeit immer wieder militärische Aktionen in das Tote Gebirge gestartet, weil man dort noch immer untergetauchte Nazis vermutete.

Forstrat Dipl. Ing. Winkler wurde im September 1945 von den Österreichischen Bundesforsten sowohl mit der Leitung der Forstverwaltung Ort und weiterer 4 Forstverwaltungen – die Vorgänger mussten ihren Dienst wegen Mitgliedschaft bei der NSDAP quittieren oder wurden zwangspensioniert – und auch der Försterschule Ort betraut, obwohl letztere wegen der Schlossbesetzung keinen Unterricht durchführen konnte. Sein Arbeitsplatz als Forstmeister befand sich im Seeschloss Ort, wo auch die Forstverwaltung untergebracht war. Erst Mitte September 1946 sollte aber nach dem Abzug der meisten US-Soldaten auch im Landschloss wieder ein regulärer Schulbetrieb nach dem Kriegsende beginnen. Dank seiner Fürsorge und Umsicht konnte die Schlossbesetzung durch die amerikanischen Soldaten aber derart gestaltet werden, dass weder größere Schäden noch ein nennenswertes Verschwinden von Wertgegenständen eintraten.

8. Kapitel – Die Schattenseiten der Republik

Direktor Winkler saß in seinem ehrwürdigen Arbeitszimmer im Seeschloss und blickte auf seinen nunmehr zweiten Arbeitsplatz, das Landschloss mit der Försterschule. Vormittags hatte er Unterricht für die Försterschüler gehalten und Angelegenheiten der Schulbürokratie geregelt, danach war er ins Sägewerk Altmünster gefahren, um eine große Holzübergabe zu beaufsichtigen und nun musste er sich mit den Verwaltungsaufgaben der Forstverwaltung Ort beschäftigen.

Abbildung 66 – Die ehemalige Forstkanzlei im Seeschloss

Die wärmende Frühmärzsonne brachte bereits den Schnee zum Schmelzen und in fröhlicher Stimmung widmete er sich der eingegangenen Post. Das Bundesministerium für Land- und Forstwirtschaft teilte ihm in einem Schreiben – datiert vom 27. 02. 1947 – mit, dass er einerseits eine formelle Rückgabe des Schlosses von den Amerikanern einholen möge, andererseits er sich um eine Übergabe des Landschlosses an den tatsächlichen Besitzer, die Kaiser Franz Josef Jugendheimstiftung Hubertus, bemühen möge. Er rief seinen Kanzleiförster und ließ diesen nun einen Brief an die US Army in Linz schreiben, in dem die Besatzungsmacht ersucht wurde, den endgültigen Abzug und die Übergabe des Gebäudes per 15. 09. 1946 schriftlich zu bestätigen. Dies war neben der formaljuristischen Evidenz auch deshalb notwendig, um eine Entschädigung durch das amerikanische Pay Office der US Army zu erhalten. Zwar waren die meisten Soldaten bereits Ende Juni 1946 ausgezogen und hatte die Försterschule unter seiner Leitung schon im September 1946 wieder mit dem Unterricht beginnen können, doch der US-Colonel und einige andere Offiziere wohnten bis September zumindest teilweise weiter im Landschloss. Obwohl bereits ein Aufräumen und das Führen des Schul- und Internatsbetriebs möglich waren, hatten die Amis erst den 15. 09. 1946 als endgültigen Abzugstag vorgemerkt und damit das Landschloss wieder seiner Bestimmung vollständig übergeben.

Schwieriger würde wohl die Übergabe an die Hubertus-Stiftung werden. Von den ihm bekannten 4 Oberkuratoren und 6 Kuratoren befand sich leider vermutlich niemand mehr am Leben. Sie waren ja schon bei der Bestellung durch Kaiser Franz Josef Herren in mittlerem bis höherem Alter gewesen, wie er den Unterlagen entnehmen konnte. Die Kuratoren von Noot und Dreher starben bereits in den frühen Zwanzigerjahren, die beiden Bankdirektoren sowie Colloredo-Mannsfeld, Stiassny und Gutmann in den Dreißigerjahren und Graf Thun-Hohenstein und Fürst Schwarzenberg bald nach der deutschen Besetzung. Nur von Graf Stadnicky wusste Winkler nichts Näheres, doch vermutlich war dieser während des Krieges in Polen umgekommen. Vielleicht könnte man aber doch noch bei den Thuns oder Colloredos Unterlagen über möglicherweise weitere später ernannte Kuratoren finden, ansonsten würde er im Sinne der Stiftung weiter agieren bis irgendwann die neuen Kuratoren – wie in einem Rechtsstaat üblich – ordnungsgemäß bestellt werden würden. Die Rückstellung sollte wegen des Rückstellungsgesetzes problemlos über die Finanzlandesdirektion für Oberösterreich abgewickelt werden.[32] Bei der nächsten Sitzung des Landesjagdverbandes würde sich wohl auch eine Besprechung mit den Vertretern der Aristokratie darüber ergeben. Vielleicht wusste man in diesen Kreisen etwas über etwaige schriftliche oder mündliche Zusagen oder auch Absichtserklärungen der ehemaligen Kuratoren. Schließlich könnte man möglicherweise auch etwas über die tatsächliche Interessenlage der Großwaldbesitzer zur Forstausbildung und dem Schulstandort erfahren. Im ganzen Lande begann man bereits emsig die Waldarbeiten wieder zu forcieren und die Rückstände in der Pflege und Aufforstung bedingt durch die Kriegsjahre aufzuarbeiten. Doch noch immer fehlte es in allen Forstbetrieben an gutem, ausgebildetem Personal.

> 30.6.47
>
> 390/3 – 47
>
> Beschlagnahmte Liegenschaften,
> Vergütung.
> D.Zl. Rental Section EK 2102-46/Pl.
>
> An
> AUSTRIAN PAY OFFICES
> Land Upper Austria
> APO 174   US Army
>
> Mit dortigem Schreiben vom 27.5.47 wurde anher mitgeteilt, daß, für die Besetzung durch amerikanische Einheiten, keine Barvergütung geleistet wird, wenn die Liegenschaften Eigentum der Österreichischen Regierung sind.
>
> Wie bereits im ho., in Wege der Preisüberwachungsstelle Gmunden und des Finanzamtes Gmunden überreichten, Ansuchen vom 30.Mai 1947 erläutert wurde, ist die Republik Österreich n i c k t Eigentümerin des Tobäudes Ort Nr. 2 in welchem die Bundes-Försterschule untergebracht ist. Die Bundes-Försterschule stellt daher den Kost-anspruch in Namen und zugunsten des rechtsmäßigen Eigentümers, der Jugendheimstiftung "Hubertus." x)
>
> Im letzten Absatz des o. Bescheides des Pay Office, wurde der Bundes-Försterschule als Vergütung für die Benützung durch amerikanische Truppen für die Zeit vom 1.7. – 15.8.1946, ein Betrag von
> $ 415.53
> zuerkannt.
>
> Hiezu erlaubt sich die gefertigte Direktion mitzuteilen, daß sich, wie bereits im Ansuchen vom 30.Mai 1947 ausgeführt, die Beschlagnahme auf die Zeit
>
> vom 26.6.1945 bis 15.8.1946 und
> vom 19.8.1946 bis 15.9.1946
>
> ausdehnte.
>
> Vom Finanzamte Gmunden wurde daher mit Zl. 1131 – II 1/4 vom 29.5.1947 folgender Vergütungsbetrag als Miete ohne Möbelbenützung festgestellt:
>
> vom 26.6.1945 bis 30.6.1946 .... $ 3.297.16 und
> vom 1.7.1946 bis 15.9.1946 .... $ 677.50
>
> zusammen: $ 3.974.66
>
> Es wird daher um Berichtigung des d., o. genannten Bescheides und Flüssigstellung der Vergütung gebeten.
>
> Der Direktor:
>
> wenden!

Abbildung 67 – Schreiben Forstschuldirektor Winklers an die amerikanische Besatzung

Leider ergaben seine Recherchen keine konkreten Hinweise über noch lebende Kuratoren und so führte er die Schule auch im Sinne der Stiftung sorgfältig weiter. Im Juni 1947 wurde bereits das 1. Schuljahr der Försterschule Ort nach dem Zweiten Weltkrieg beendet und nun wollte Winkler endlich mit den Amerikanern finanziell abrechnen. Bereits Ende Mai wurde ein Ansuchen um Bezahlung für die Besetzung gestellt, doch die US-Amerikaner wollten noch immer nicht zur Kenntnis nehmen, dass das Landschloss der Hubertus-Stiftung gehört. Denn wäre das Gebäude im Besitze Österreichs gestanden, so hätten keinerlei Entschädigungen geltend gemacht werden können. Mit Schreiben vom 30.06.1947 an das Austrian Pay Office in Linz wird durch Winkler nochmals festgestellt, dass nicht die Republik Österreich Eigentümerin des Gebäudes in Ort Nr. 2 ist, sondern dort nur die Bundesförsterschule eingemietet ist. Nach einer weiteren Unterredung am 01.07.1947 mit den Amerikanern akzeptieren diese nun endgültig den Anspruch auf Entschädigung. Dieser Ersatzanspruch wird nur im Namen und zugunsten des rechtmäßigen Eigentümers, der Jugendheimstiftung Hubertus, gestellt, da das Eigentumsrecht widerrechtlich an die Deutsche Reichsjägerschaft übertragen wurde, welche diese 1942 an die Reichsforstverwaltung weiter verkaufte. Eine Rückführung der Liegenschaft an die Stiftung würde eingeleitet werden, versprach Winkler auch der US-Army. Das Schreiben ging selbstverständlich in Kopie auch an das Landwirtschaftsministerium, damit das eingehende Geld dem Zweck entsprechend verbucht werden kann.

Der Raum Gmunden war in jener glücklichen Lage, ohne nennenswerte Kriegsschäden den Weltkrieg und die zweifache Besatzung überlebt zu haben. Aus Dankbarkeit hiefür wurde – ähnlich dem Gedenkstein nach den Bauernkriegen – eine schöne Madonna aus Keramik gestaltet und die befindet sich seitdem in der Stadtpfarrkirche von Gmunden. Das Landschloss und vor allem die schulische Innenausstattung war durch die Besatzung zwar ein wenig in Mitleidenschaft genommen worden, doch konnte trotzdem der Lehr- und Internatsbetrieb sofort nach Abzug der Amerikaner aufgenommen werden. Auch die Lage in Österreich normalisierte sich allmählich und die nun notwendige Bürokratie wurde unverzüglich wieder aufgebaut. Infolge des Anschlusses und der Kriegsereignisse mussten aber viele Dienstposten in den Bundesministerien neu besetzt werden. Im Bundesministerium für Land- und Forstwirtschaft galt bereits wieder ein großes Augenmerk der Ausbildung von neuen, jungen Förstern und dem Neubeginn der staatlichen forstlichen Forschung, die bei der Forstlichen Bundesversuchsanstalt beheimatet war. Außerdem musste für die Republik Österreich schnellstens ein Überblick über die aktuelle Forstsituation durch eine Waldstandsaufnahme geschaffen werden, da Holz – wie auch nach dem Ersten Weltkrieg – schon wieder zu einem bedeutenden Wirtschaftsfaktor für die junge 2. Republik geworden war. Mit Holz wurde in dieser Zeit sogar für Bundeskanzler Figl ein neuer Dienstwagen von einer italienischen Autofirma (Alfa Romeo) angekauft.

Abbildung 68 – Jahrgang 1955 der Försterschule Ort, in der ersten Reihe Mitte Winkler, links von ihm der Abteilungsleiter für das forstliche Schulwesen

Der neue Abteilungsleiter für das forstliche Schul- und Versuchswesen im Landwirtschaftsministerium erkannte alsbald sehr genau die Situation an der Försterschule in Gmunden. Durch den Briefverkehr aus Oberösterreich erhielt er genaue Kenntnis dieser führungslosen Eigentumsverhältnisse. Man hatte hier wirklich eine Liegenschaft, die tatsächlich verwaist war und an der man somit schalten und walten konnte, ohne irgendwelche Verpflichtungen und Rücksichtnahmen nehmen zu müssen. Die Gebäude waren – und dieses war damals gar nicht so selbstverständlich – in äußerst gutem Zustand und in einer Zeit der Identitätskarten und Zonengrenzen waren auch Dienstreisen in ein schönes und vor allem relativ freies Gebiet doch recht angenehm. Niederösterreich war durch die Sowjetunion noch bis 1955 besetzt und bei Überschreiten der Zonengrenze an der Enns konnte man wirklich aufatmen. Mit der Abteilungsleitung erkannten auch einige andere höhere Beamte im Landwirtschaftsministerium sehr schnell die Möglichkeiten eines damaligen „Traumurlaubes" im Schloss am Traunsee zu günstigsten Konditionen und sie genossen nebenbei auch den optimalen Lebensmittelbezug in der US-Besatzungszone. So dachten die zuständigen Personen im Ministerium allmählich gar nicht mehr daran die Rückstellung durchzuführen, denn Gesetze und Bescheide besitzen in Österreich schließlich auch dann Gültigkeit, wenn sie unrechtmäßig entstanden sind. Letztlich ergaben auch die Nachforschungen des Forstrats Winkler, der nur mehr Försterschuldirektor sein wollte, dass das Kuratorium zwischenzeitig verstorben war. Es wurde daher von diesen Beamten des Ministeriums vereinbart, nichts mehr für eine zügige Rückgabe zu tun und den Mitarbeitern in Ort wurde mitgeteilt, dass hinkünftig in Angelegenheiten der Rückstellung nur mehr durch das Ministerium gehandelt werden würde. Der Brief Winklers war somit die letzte offizielle Aktion der Försterschule, und die Amerikaner, die ihre Schuld bezahlt hatten, würden dieser Angelegenheit sicher nicht mehr nachgehen.

Somit vergingen die Jahre, aber die Dienstreisen und Urlaube am Traunsee blieben. Als der Staatsvertrag im Mai 1955 unterzeichnet wurde, teilte man dem zuständigen Justizministerium seitens des Landwirtschaftsministeriums wegen der Änderungen im Grundbuch mit, dass auch die Liegenschaft Ort in Gmunden gemäß Artikel 22 (Übertragung von Deutschem Eigentum) in den Besitz der Republik Österreich, Ministerium für Land- und Forstwirtschaft, zu übertragen wäre. Es war dies eine bewusste Unwahrheit und auch ein Verstoß gegen das Völkerrecht (Staatsvertrag), denn rechtlich hätte doch jener Artikel 26 gegolten, der besagt, dass Vermögen, welches aus rassischen, religiösen oder sonstigen Gründen zwischen 1938 und 1945 enteignet worden war, den rechtmäßigen Eigentümern zurückzugeben wäre. Sollten diese nicht mehr ausfindig gemacht werden können, so müsste aber der Erlös dieser Vermögen den Opfern des Nationalsozialismus überantwortet werden. Außerdem wusste man im Ministerium sehr wohl um die Rückgabeverpflichtung der Republik, wie auch die noch vorliegenden Schreiben bis zum Ende des Jahres 1947 bestätigen.

Das Innenministerium als oberste Stiftungs- und Vereinsbehörde hob jedoch nach dem Staatsvertrag allmählich alle jenen deutschen Bescheide auf durch die Vereine und Organisationen während der deutschen Besetzung unrechtmäßig liquidiert wurden. Viele Stiftungen wurden aus rassischen oder religiösen Gründen aufgelöst, etliche auch, weil sie so genannte kaiserliche Gründungen waren, obwohl sie rechtlich gesehen eigenständige juristische Personen waren. So stellte schließlich das Innenministerium die aufgelöste Stiftung Hubertus erst nach dem Staatsvertrag mit Bescheid vom 05.08.1955 in ihrer Rechtspersönlichkeit wieder her. Mangels Vorhandensein von Kuratoren ersuchte nun das Bundesministerium für Inneres das Amt der niederösterreichischen Landesregierung ein Verfahren wegen einer Rückstellung des Vermögens einzubringen. Dieses Amt brachte auch unverzüglich beim Landesgericht Linz den Antrag auf Rückgabe der im grundbücherlichen Eigentum der Stiftung Hubertus gewesenen Liegenschaften in der Katastralgemeinde Ort ein. Wegen Änderungen der Zuständigkeiten der Bundesländer Niederösterreich und Wien wird ab 1956 sodann die Wiener Landesregierung, welches für die alte Hubertus-Stiftung die Stiftungsbehörde 1. Instanz geworden ist, um Fortführung des Rückstellungsverfahrens ersucht. Dies wurde deswegen notwendig, da bekanntlich Oberkurator Graf Thun-Hohenstein den Sitz der Stiftung auf seiner Privatadresse in Wien III, Salmgasse 12 geführt hatte. Zum vorläufigen Verwalter der Kaiser Franz Josef Jugendheim-Stiftung Hubertus bestellt das Amt der Wiener Landesregierung die Magistratsabteilung 12 der Stadt Wien. Laut Beschluss des Landesgerichtes Linz vom 30. Juli 1956 wird dem Antrag auf Rückstellung Recht gegeben und dieses auch im Grundbuch angemerkt. Nun wird von der Magistratsabteilung 12 als Vertreterin der Stiftung bei der Finanzlandesdirektion für Oberösterreich um körperliche Durchführung der Rückgabe ersucht und diese bestätigt ebenfalls per gültigem Bescheid die zu Recht bestehenden Rückstellungsansprüche zugunsten der Stiftung.

Die Ministerialräte im Landwirtschaftsministerium wurden ob dieser neuen Rechtslage aber äußerst nervös und begannen zu handeln. Um nun diese rechtsstaatlichen Erkenntnisse und Bescheide bekämpfen zu können, wurden einerseits befreundete Beamte der Finanzprokuratur, die ebenfalls schon Urlaub im Landschloss Ort genossen hatten, gebeten Einspruch zu erheben und andererseits wird auf Bestellung von Kuratoren für die Stiftung gedrängt. Da laut Rechtsordnung der Bundespräsident statt des Kaisers die Bestellungen der Kuratoren durchzuführen hat, wird dem alten, einseitig gelähmten Staatsoberhaupt und General a. D. der Monarchie Körner ein Zweiervorschlag vorgelegt. Aufgrund dieser Bestellung werden sodann ein Mann aus dem Kreis der Niederen Aristokratie (allerdings als ehemaliger Nationalsozialist und SA-Mann vorbelastet) und ein Ministerialrat (der schon bekannte Abteilungsleiter) aus dem Landwirtschaftsministerium somit die neuen Kuratoren. Bei Letzterem ist zwar auch noch Befangenheit vorhanden, denn schließlich wollen er, seine Freunde und sein Ministerium ja das Schloss behalten, doch niemand wird diese Bestellung wirklich beeinspruchen wollen. Die Freunde aus der Finanzprokuratur argumentieren sodann interessanterweise bei ihrem Rekurs wortwörtlich genauso, wie es schon Direktor Jung im Deutschen Reich vorgeschlagen hatte: Die Stiftung wäre ohne Vermögen.

Die offene Schuld von rund 320 000 Reichsmark wird dabei sowohl vom neuen Kuratorium, aber auch der Finanzprokuratur – obwohl sie beiden bekannt war – tunlichst vergessen. Vielleicht wollte aber man die guten Kontakte zur Deutschen Jägerschaft nicht beeinträchtigen und warum sollte man der Stiftung mit diesem Geld das weitere Bestehen sichern und damit seine eigenen Pfründe verlieren? Lediglich der Direktor der Försterschule Winkler wusste um das unrechte Verhalten des Ministerialrates und versuchte eine für die Stiftung nachteilige Lösung bis zu seiner Pensionierung zu verhindern. Doch als Beamten waren ihm die Hände gebunden und er konnte somit auch nur verzögern.

> Memorandum
>
> Das Landschloß Ort samt den dazugehörigen Gründen umfaßt die Einlagezahl 40, 41, 42, 44 und 45 der KG. Ort/Gmunden.
>
> Die Liegenschaftskomplex wurde mit Kaufvertrag vom 19.12.1879 von Erzherzog Johann Salvator v. Österreich, Prinzen von Toscana, welcher im Jahre 1889 den Namen Johann Orth annahm, erworben.
>
> Seit dem Jahre 1904 wurde der die Liegenschaftskomplex für den verschollenen Johann Orth von Dr. Friedrich Kochen als Kurator verwaltet.
>
> Im Zusammenhang mit der Ersten Internationalen Jagdausstellung ie. im Jahre 1910, zu welcher der 80. Geburtstag des Kaiser Franz Josef I Anlaß gab, hat das Präsidium dieser Jagdausstellung das Reinerträgnis für eine Stiftung zu Gunsten der Kinder von Berufsjägern bewilligt. Die Stiftung trägt den Namen "Kaiser-Franz-Josef-Jugendheimstiftung Hubertus". Der Stiftungszweck wird in § 2 des Stiftbriefes vom 1. Juli 1912 dahin umrissen, daß in den Jugendheim nach Zulänglichkeit der Mittel und des Raumes und nach den vom Stiftungskuratorium näher festzusetzenden Organisationsstatut Kinder dürftiger und würdiger Berufsjäger, sei es unentgeltlich, sei es gegen teilweise Vergütung der Selbstkosten, behufs Verpflegung und Erziehung aufgenommen werden.
>
> Der Aufwand für dieses Jugendheim ist in erster Linie aus den Erträgnissen des Stiftungsvermögens zu bestreiten; überdies ist das Stiftungskuratorium berufen, durch Veranstaltungen und Vorkehrungen verschiedener Art

Abbildung 69 – Das Memorandum der Finanzprokuratur aus dem Jahre 1965

Dieser Bescheid wurde von der Prokuratur mit Berufung
angefochten und zur Begründung angeführt, daß die vom szt.
Stillhaltekommissär getroffenen Maßnahmen nicht ausschließ-
lich in der NS-Machtübernahme, sohin in dem Gesetz über die
Überleitung und Eingliederung von Vereinen, Organisationen
und Verbänden v. 14. Mai 1938, GBl. f.d.L.Ö. Nr. 136/38, ge-
legen ist, sondern ihren Grund darin findet, daß die Stiftung
infolge des Zerfalles der Monarchie und der Entwertung des
Stiftungsvermögens nicht mehr in der Lage war, ihren Stiftungs-
zu erfüllen. Die Stiftung muß daher als völlig überholt und
nicht mehr lebensfähig angesehen werden und sollte unter diesen Bedingungen überhaupt liquidiert werden. Wenn ihr noch
eine Berechtigung zukommen soll, dann kann dies nur im Rahmen des Bundesministeriums für Inneres als Stiftungsbehörde
vorgelegten Vergleiches erfolgen, durch welchen wenigstens

Abbildung 70 – Auszüge aus dem vielseitigen Memorandum aus dem Jahre 1965

In diesem vorliegenden Memorandum, welches die Finanzprokuratur vermutlich gemeinsam mit einigen Personen aus dem Landwirtschaftsministerium entworfen hat, werden weiters nahezu unglaubliche, jedes anständige Rechtsgefühl verletzende, Argumente zwecks Nichtrückgabe vorgebracht. Wie hier die Liquidation der Stiftung und die Übertragung des Vermögens an die Deutsche Jägerschaft als unumgänglich gelobt werden und der 3 Jahre später nachfolgende Verkauf an die Reichsforstverwaltung als einerseits hoheitliche und andererseits als privatwirtschaftliche Notwendigkeit gerühmt wird, lässt bereits das hohe Niveau der Nazipropaganda erahnen. Diese vorliegende Anfechtung des Rückstellungsanspruches gipfelt sogar darin, dass eigentlich nicht die NS-Machtübernahme an den „Maßnahmen" (Auflösung und Enteignung) Schuld hätte. Die Prokurator nennt in diesem Memorandum sogar die Liquidation der Stiftung als beste

Maßnahme. Es wird dabei auch von völliger Untätigkeit der Stiftung gesprochen, obwohl ja bis 1938 die Republik durch die Aktivitäten der Stiftung gut behandelt wurde und die Schule alle nur erdenkliche Unterstützung fand. In neuerer Zeit leiteten aber 9 Jahre die beiden Kuratoren die Stiftung und die werden wohl nicht als untätig gemeint worden sein.[33]

Endlich konnte daher erst 1967, als Forstschuldirektor Winkler sich anschickte in Pension zu gehen, ein Vergleich zwischen Republik und Stiftung getroffen werden. Die Stiftung erhielt eine kleine Zahlung von 20 000 öS und das Recht, bei Bedarf bis zu vier Schul- und Internatsfreiplätze jährlich an Försterschulen zu vergeben. Die amerikanische Entschädigung von 1947 alleine hätte mit Verzinsung bereits diesen Geldwert erreicht. Dafür verzichteten die Kuratoren namens der Stiftung allerdings auf die Liegenschaft. Kurz darauf wurde auch die alte kaiserliche Stiftung zugunsten einer dem Ministerium für Landwirtschaft unterstellten Stiftung gleichen Namens aufgelöst. Interessant scheint auch, dass die alten Akten im Ministerium für Land- und Forstwirtschaft, im Innenministerium und bei der Gemeinde Wien nicht mehr aufzufinden sind und falls doch, liegen nur Umschläge ohne Inhalt vor. Ein wahrhaft gründlicher Kahlschlag der österreichischen Bürokratie! Mit Ende des Schuljahres 1968/69 löste man auch die Försterschule auf und belässt seitdem nur mehr die Forstliche Ausbildungsstätte Ort im Landschloss (bezeichnet als FAST Ort).

Allerdings hinterließ Forstschuldirektor Winkler die ihm zugänglichen Aufzeichnungen über diese Jugendheimstiftung in einer Holzkiste, abgestellt in einem unbenützten Turmzimmer des Landschlosses. Vielleicht würden in künftigen Zeiten deren Inhalte wieder die tatsächlichen Sachverhalte um den republikanischen Raub aufgedeckt werden können, scheint seine Motivation bei der Hinterlegung gewesen zu sein. Auch die schöne Keramiktafel über dem Haupteingang mit der Inschrift Kaiser Franz Josef Jugendheimstiftung Hubertus wurde ebenfalls abmontiert und somit verschwindet auch das letzte äußerliche Zeichen des einstigen Eigentümers. Im Gmundner Stadtmuseum befindet sich die Tafel allerdings noch heute und hat dort als Leihgabe einen Platz im Keller gefunden, jedoch ist sie für keinen Besucher zugänglich. Selbst eine Ausleihe wird derzeit noch bewusst blockiert.

Abbildung 71 – Die Keramiktafel der Stiftung über dem Eingang zum Landschloss Ort

Doch traf auch hier der Fluch des Herberstorff schlussendlich den Ministerialen, der sich lediglich wegen persönlicher Vorteile und seiner Karriere nicht um die Rechtmäßigkeit kümmerte. Sein Sohn – selbst Lehrer an einer Schule für Forstwirtschaft – kannte die Praktiken des Vaters und wandte sich darob von diesem ab. Schließlich bekämpfte er seinen Vater sogar dienstlich und zeigte dessen Vergehen auf, doch die Mächtigen hielten zum Ministerialrat und standen somit weiter zum gesamten Unrecht des Vaters. Nach jahrelangem erfolglosem Kampf schied dieser Sohn unter merkwürdigen Umständen und auch aus Gram schließlich aus dem Leben. Das Schloss aber blieb noch für einige Zeit eine billige und ganz feudale Urlaubsanschrift einiger sehr hoher Ministerialbeamter des Landwirtschaftsministeriums und allmählich glaubten fast alle seit diesen Tagen, dass der Besitz ein Eigentum der Republik Österreich wäre. Kleingeist und Egoismus, die unseligen Andenken des Grafen Herberstorff, haben hier wieder einmal so manches zerstört und wirkten auch noch 450 Jahre später nach.

9. Kapitel – Das Schlosshotel

Am 05. Jänner 1995 erfolgt die offizielle Übergabe des Seeschlosses Ort von den Österreichischen Bundesforsten an die Stadtgemeinde Gmunden durch Verkauf. Der Staatsbetrieb wollte damals die Anzahl seiner Forstverwaltungen verringern und vor allem sollten die in der Erhaltung teuren Schlösser verkauft werden. Einerseits musste Gmunden als bedeutende Stadt am Beginn des Salzkammergutes einer Privatisierung zuvor kommen und das Schloss als Anziehungspunkt für den Tourismus erhalten, andererseits sollte auch eine permanente Öffnung der Anlage für alle Interessierten gewährleistet sein. Es wurde daher im Seeschloss das Standesamt von Gmunden untergebracht, wodurch für viele Trauungen ein sehr schöner Rahmen zur Verfügung steht und auch ein Restaurantbetrieb wurde eingerichtet.

Abbildung 72 – Das Seeschloss mit Gmunden

Dadurch konnte bereits 1996 mit dem Beginn der Dreharbeiten zur Fernseh-Serie „Schlosshotel Orth" begonnen werden, zu der insgesamt 144 Folgen gedreht wurden. Schlosshotel Orth war eine Fernsehserie, die viele Menschen erfreute und auch Lust auf das Ambiente von Gmunden machen sollte. Obwohl es ja dieses Hotel gar nicht gab, wurden hauptsächlich in den beiden Schlössern – neben weiteren Aufnahmen in Gmunden und Umgebung – die Filmarbeiten durchgeführt.

Abbildung 73 – Ein Schild vor dem Landschloss als Hinweis auf die Fernsehserie

Das Landschloss stand dabei mit dem Haupttor, über dem die Tafel „Schlosshotel Orth-Kongresszentrum" angebracht war, und für gewisse Innenaufnahmen (wie Szenen in der Küche, aber auch sein Festsaal) zur Verfügung und vor dem Eingang wurden die Ankunftsszenen mit einem eigens hiefür gebauten Portierhäuschen gedreht. Selbst am Seeufer des Landschlosses sind noch einige romantische Szenen entstanden. Der Reiz, den diese Serie beim Zuseher entfachen sollte, lag einfach darin, eine unbeschwerte Urlaubsidylle in einer zauberhaften und natürlichen Landschaft zu vermitteln.

„**Ich habe nicht viel schönere Plätze wie Gmunden am Traunsee gesehen**" sagte 1881 der spätere König Edward VII. bei einem seiner Besuche bei Erzherzog Johann Salvator. Diese Aussage werden auch viele Menschen bestätigen, die diese reizvolle Landschaft gesehen haben. Die Geschichte der Stadt reicht ja lückenlos bis in die Steinzeit zurück und sie beherbergte Illyrer, Kelten, Römer, Slawen, Baiern und viele andere Menschen aus diversen Völkern. 909 wurde sie bereits urkundlich erwähnt, erhielt schon 1278 das Stadtrecht und wurde 1861 zur Kurstadt geadelt. Vor allem in der zweiten Hälfte des 19. Jahrhunderts kamen bereits große Musiker und Dichter hierher und die mit Österreich verbundene Aristokratie aus Deutschland, die nicht auf der Seite Preußens stand und sich quasi hier in einem äußerst angenehmen „Exil" befand, durfte hier während des Sommers erholsame Urlaube genießen. Gemeinsam mit den übrigen Sehenswürdigkeiten des Salzkammergutes wie Traunkirchen, Bad Ischl oder Hallstatt stellt sich heute eine kulturell und historisch äußerst interessante Region für den Besucher vor. Daneben ladet die Umgebung mit dem fast 1700 m hohen, aber sehr mächtig wirkenden Traunstein, dem Höllengebirge mit dem Feuerkogel, dem Toten Gebirge und den über sechzig Seen in der Region zu Wanderungen und Naturerlebnissen ein. Zusätzlich lockt aber auch die Erinnerung an die Monarchie viele Besucher in das Salzkammergut.

Zwei Fernsehsender und eine Filmgesellschaft erfanden eine Familiengeschichte, die in Einzelfolgen dem Publikum gezeigt wurde. Neben den Eigentümern des „Schlosshotels" wurden auch einzelne Personen aus dem Bediensteten- oder dem Gastbereich in den Folgen hervorgehoben und durch sympathisch wirkende Schauspieler dargestellt. Doch die Stadtgemeinde Gmunden und das Schloss Ort blieben immer wieder die bestimmenden Elemente dieser Fernsehserie. 9 Jahre Filmgeschichte entstanden hier am oberen Ende des Traunsees und selbst das Filmstudio erfreute sich noch nach dem Abdrehen – neben den Originalschauplätzen – einer großen Beliebtheit. Natürlich erweckt dieser Bekanntheitsgrad auch den Wunsch nach touristischer Ausnützung. Im Laufe der letzten Jahrzehnte wurden aber gute und große Hotels in Gmunden geschlossen, wobei der Grund unter anderem in einer kurzen Sommertouristik, einem fehlenden Schlechtwetterangebot (so gibt es – obwohl fast 150 Jahre Kurort – kein Hallenbad, geschweige ein heutzutage notwendiges Wellnesszentrum) und schlechtem Parkraummanagement zu sehen war. Andererseits wurde jedoch ein viel zu großes Kongresszentrum durch das Land Oberösterreich am Areal der Villa Toscana gebaut, welches aufgrund der gesamten Infrastruktur nur ungenügend ausgelastet war. Ein Luxushotel im Bereich des Landschlosses wurde daher immer wieder gefordert, dazu wäre aber sowohl eine Absiedlung der bestehenden Forstlichen Ausbildungsstätte notwendig geworden und wohl auch die Umgehung des Denkmalschutzes, da das Landschloss sicherlich nicht für einen Hotelbetrieb geeignet sein kann. Konzepte gab es deren bereits viele, doch ohne sehr große Investitionssummen und begleitende touristische Maßnahmen kann auch diesem Projekt kein Erfolg beschieden sein. Außerdem sollte endlich auch die Eigentumsfrage des Landschlosses

Ort über 70 Jahre nach Beginn der deutschen Besetzung geklärt werden können. Doch die Republik hatte dieses Objekt bereits an seine eigene Immobiliengesellschaft weiter verkauft und sieht sich nur mehr als Mieter. Jedenfalls tauchten immer wieder Pläne auf, die finanzkräftige Investoren aus allen Ländern der Erde für ein Hotel- und Tourismusprojekt gewinnen wollten und auch höchste Beamte und Politiker konnten mangels Unwissenheit oder Ignoranz noch immer nicht die Unrechtmäßigkeit dieses Besitzes eingestehen. Daher begann man mehrmals Pläne für eine Umsiedlung der Forstlichen Ausbildungsstätte zu entwickeln, um das Schloss an ausländische Interessenten übertragen zu können.

Schließlich wurde 2004 endgültig der Startschuss für einen Verkauf gegeben und bereits Verträge ausgearbeitet. Der damalige Direktor der Ausbildungsstätte, der nicht nur die Absiedlung, einen entfernten neuen Zweckbau und zugleich auch eine Personalreduktion planen sollte, war ob dieser Situation – obwohl eine ausgezeichnete Auslastung der Lehranstalt gegeben war – sehr unglücklich. Die Wirtschaftlichkeit der Bildungsanstalt wurde auch durch viele zusätzliche, um vieles mehr als kostendeckende Privatveranstaltungen außerhalb des Kursbetriebes sehr verbessert und dies ohne Mehraufwand, sondern nur durch geschickte Diensteinteilung und großes Engagement aller Mitarbeiter. Durch Zufall oder Fügung fielen aber genau jene Unterlagen, die vermutlich durch Forstschuldirektor Winkler zusammen getragen wurden (sie enden nämlich mit dem Zeitpunkt seiner Pensionierung) in seine Hände. Sie waren offensichtlich – wahrscheinlich kannte Winkler doch seine Pappenheimer, also die Bürokraten und Politiker, sehr gut – für spätere Zeiten in einem der obersten, unbenützten, nur über Leitern zu erreichenden Turmzimmer aufbewahrt worden. Bei einem einsamen Rundgang fand der Direktor diese verstaubte Kiste und staunte nicht wenig, als er ihres Inhaltes ansichtig wurde. Etliche Nächte verbrachte dieser dann über den Unterlagen und zusätzlich führte er viele weitere Recherchen bei Ämtern und Gerichten durch, wobei ihn allerdings – wenn überhaupt – fast immer nur leere Aktenordner anlächelten. Aber auch aus Gesprächen mit noch lebenden Personen, die diese Zeiten selbst erlebt haben, wurde für ihn allmählich der gesamte Umfang an Missbrauch, Verrat und Diebstahl über 30 Jahre (1938–1969) durch höchste Personen ersichtlich. Als er dann allerdings diesen Unrechtszustand aufzudecken versuchte, da bereits die Kaufverträge unterschriftsreif vorhanden waren, und er selbst bei den höchsten Stellen dieser Republik Österreich das Unrecht aufzeigte, wurde er sofort mit Suspendierung, Bespitzelung und Überwachung bestraft. Zusätzlich wurde er mit Androhung weiterer gravierender dienstlicher Unannehmlichkeiten gemaßregelt. Allerdings wurden jedoch sämtliche Verkaufsaktivitäten seit seiner ausführlichen Sachverhaltsdarstellung sofort eingestellt.[34]

Der böse Geist des Herberstorff mag als immerwährendes Geheimnis somit weiter um das Schloss herumziehen, aber gegen Recht, Anstand und Verantwortung kann auch er nichts ausrichten. Der Versuch, das Landschloss an ausländische Interessenten zu verkaufen, konnte damals abgewehrt werden, doch der Ungeist in Form von verantwortungslosen Personen sitzt sicherlich bereits wieder in den bürokratischen Stuben. Es bleibt daher nur noch zu hoffen, dass wenigstens im Sinne dieser humanitären Stiftung dieses Gebäude der forstlichen Aus- und Weiterbildung weiterhin erhalten bleibt und die Republik Österreich sich endlich nach über 70 Jahren Unrecht ihrer Verantwortung besinnt. Reue und Achtung gegenüber seinen Vorfahren, aber auch Vorbesitzern zeigen und das Heimatrecht weiterhin einer notwendigen Bildungsanstalt zuzusprechen ist vermutlich eine Größe, die heute aber nur mehr selten anzutreffen ist. Erst jüngst an die Öffentlichkeit gelangte Beispiele im Umgang mit Restitutionen zeigen jedenfalls, dass offensichtlich Jahrzehnte nach dem Kriegsende in Österreich noch immer keine besonders große Bereitschaft zur notwendigen historischen Aufarbeitung vorhanden ist. Dass das Thomas Bernhard-Archiv heute dem Landschloss Ort unmittelbar benachbart ist, muss bereits wie eine schützende Hand gegenüber dem alten Gebäude gesehen werden.

Abbildung 74 – Haupteingang zum Landschloss mit dem schmiedeeisernen Abschluss statt der Keramiktafel

Abbildung 75 – Prospekt über die Fernsehserie

Die Besitzer der Herrschaft und des Landschlosses Ort

Die Besitzer der Herrschaft vor dem Schlossbau

vor 1056	Arnold II., Markgraf, Graf von Wels-Lambach
1056	Ottokar I., Markgraf
~1060	Hartneid I, Stammvater der Hartneids bis Hartneid VI. (gest. 1244), Lehen
1244	Gisela von Ort, Schwester Hartneids VI. und Tochter Hartneids V.
~1270	Elisabeth von Velsberg (Rauhenstein), Tochter Giselas von Ort
~1295	Herren von Winkel, Söhne und Enkel von Elisabeth von Velsberg
1344	Friedrich und Reinprecht I. von Wallsee, durch Kauf
25.01.1350	Friedrich I. von Wallsee, obiger durch Teilungsvertrag
1355	Friedrich II., Wolfgang und Heinrich von Wallsee, Söhne von Friedrich I.
03.08.1361	Heinrich von Wallsee, obiger durch Teilungsvertrag
~1390	Reinprecht II. von Wallsee, Sohn von Heinrich
1422	Reinprecht III. von Wallsee, Sohn von Reinprecht II.

1450	Reinprecht IV. von Wallsee, Sohn von Reinprecht III.
1483	Landesfürst Kaiser Friedrich III., Rückgabe mit Aussterben der Wallseer
1484	Gotthard von Starhemberg (Schärfenberg), Lehen
1492	Bernhard von Starhemberg, Sohn von Gotthard und Söhne und Enkel
1584	Landesfürst Kaiser Rudolf II., verwaltet von Herzog Ernst, Rückgabe
1588	Weikhard Freiherr von Pollheim, Kauf
1595	Stadt Gmunden, Kauf
21.04.1603	Landesfürst Kaiser Rudolf II., Rückgabe
1612	Landesfürst Kaiser Matthias
1619	Landesfürst Kaiser Ferdinand II.
1625	Adam Graf Herberstorff, Übertragung

Die rechtmäßigen Besitzer des Landschlosses Ort

1626–1628	Schlossbau unter Adam Graf Herberstorff
1629	Marie Gräfin Herberstorff, Gattin von Adam
11.05.1634	Wahrmund Graf Preising, Sohn von Adam
1648	Johann Graf Preising, Sohn von Wahrmund
01.05.1658	Georg Graf Salburg, Kauf
24.02.1662	Gotthard und Franz Grafen von Salburg, Söhne von Georg
1689	Landesfürst Kaiser Leopold I., Kauf, danach landesfürstl. Besitz bis 1848
1848	Landesfürst Kaiser Franz Josef

1868	Großherzog Leopold II. von Habsburg-Toscana, Kauf
1870	Großherzogin Maria Antonia von Habsburg-Toscana, Gattin Leopolds II.
21.12.1876	Erzherzog Johann Salvator, Kauf
06.05.1911	Todeserklärung Erzherzogs Johann Salvator
01.04.1914	Kaiser Franz Josef Jugendheimstiftung Hubertus, Kauf

Die unrechtmäßigen Besitzer des Landschlosses Ort

1939	Deutsche Reichsjägerschaft durch Konfiszierung und Liquidation
1942	Deutsches Reich – Reichsforstverwaltung, Kauf von Reichsjägerschaft
1945–1946	Besetzung durch die Amerikanische Armee
1955	Republik Österreich durch Aneignung

Abbildungsverzeichnis

Abbildung 1 – Landschloss Ort dahinter
die Villa Toscana sowie Brücke und Seeschloss,
Bild FAST Ort 8
Abbildung 2 – Das Landschloss Ort,
links das sogenannte Stöcklgebäude,
Bild FAST Ort 9
Abbildung 3 – Halbinsel Ort mit Landschloss
und Villa Toscana, Seeschloss auf der Insel 10
Abbildung 4 – Romanisches Tor des Seeschlosses
im untersten Teil des Wehrturmes 14
Abbildung 5 – Der enge Aufgang zum Wehrturm 16
Abbildung 6 – Der Salzträgerbrunnen in Gmunden ... 19
Abbildung 7 – Bild des Seeschlosses von 1594
im Hintergrund die Stadt Gmunden 21
Abbildung 8 – Der Hungerturm
im Seeschloss Ort 22
Abbildung 9 – Die Wassermarken im Schlosshof,
1578 der Wiederaufbau nach Brand 23
Abbildung 10 – Die Versorgung des Seeschlosses
bei Hochwasser 24
Abbildung 11 – Graf Herberstorff erfährt bei einer
Besprechung vom Bauernaufstand 28
Abbildung 12 – Das Frankenburger Würfelspiel 29
Abbildung 13 – Der Brand des Seeschlosses
im Mai 1626 30

Abbildung 14 – Die Bürger am Rathausplatz
von Gmunden in den Bauernkriegen 31

Abbildung 15 – Eine Kampfszene
aus den Bauernkriegen 33

Abbildung 16 – Eine Gedenktafel am Bauernhügel
in Pinsdorf 34

Abbildung 17 – Der Bauernhügel in Pinsdorf 35

Abbildung 18 – Graf Herberstorff zeigt auf die Reste
seines verbrannten Meierhofes 36

Abbildung 19 – Der Anschlag auf Graf Herberstorff,
rechts der flüchtende Bauernsohn 37

Abbildung 20 – Der sogenannte Palas
im Seeschloss, Bild Gemeinde Gmunden 39

Abbildung 21 – Der Wappensaal im Seeschloss
Bild Gemeinde Gmunden 39

Abbildung 22 – Der Glaube 42

Abbildung 23 – Die Gerechtigkeit 43

Abbildung 24 – Der Gang im Obergeschoß 45

Abbildung 25 – Der Innenhof mit Wehrturm 46

Abbildung 26 – Die Fresken in der Kapelle
des Seeschlosses aus dem Jahr 1634 47

Abbildung 27 – Der Innenhof des Seeschlosses
nach dem Umbau von 1670 48

Abbildung 28 – Eine wertvolle Türe in der Bibliothek
des Landschlosses 52

Abbildung 29 – Großherzog Leopold II
und Großherzogin Maria Antonia 57

Abbildung 30 – Erzherzog Johann Salvator
als Oberleutnant 1874 60

Abbildung 31 – Die Villa Toscana 63

Abbildung 32 – Die Halle in der Villa Toscana 63

Abbildung 33 – Die bekannte Wappenwand
im Innenhof des Schlosses 65

Abbildung 34 – Der Innenhof des Landschlosses
   mit Wappenwand und Brunnen 66
Abbildung 35 – Der Brunnen aus Komorn im Innenhof
   des Landschlosses dahinter die Linde,
   die 1919 zur Eröffnung der Forstschule
   gepflanzt worden war 67
Abbildung 36 – Eine wertvolle Türe mit Intarsien
   und gehämmerten Türschloss 68
Abbildung 37 – Die eisernen Fenstergitter am
   Landschloss, dahinter das Stöcklgebäude 69
Abbildung 38 – Festsaal im Landschloß Ort um 1880.
   Der heute noch vorhandene Kamin im Festsaal
   ist links zu erkennen 70
Abbildung 39 – Türe und Holzvertäfelung
   aus Zirbemitsamt einzigartigen Beschlägen
   in der Kanzlei 71
Abbildung 40 – Teil der Kassettendecke im Festsaal
   mit den prächtigen Türportalen 73
Abbildung 41 – Deckenbild im Festsaal „Pallas Athene
   mit den Musen" 76
Abbildung 42 – Das Fortunabild über dem Kamin
   im Festsaal 82
Abbildung 43 – Johann Orth im Jahre 1889 85
Abbildung 44 – Johann Orth (Zweiter von rechts) mit
   seiner Mannschaft an Bord des Schiffes Bessie ... 90
Abbildung 45 – Kaiser Franz Josef in Jagdbekleidung,
   Bild in der Aula der Försterschule Bruck/Mur 93
Abbildung 46 – Das Kurbad Gmunden
   an der Esplanade um 1900 95
Abbildung 47 – Kaiser Franz Josef in Gmunden 97
Abbildung 48 – Schulplan für Försterschulen
   in der Monarchie 99
Abbildung 49 – Eine Ansicht der Orter Halbinsel
   mit den Schlössern um 1910 101

Abbildung 50 – Stiftungsbrief vom 1. Juli 1912 102
Abbildung 51 – Brief des Oberwildmeisters Hennigs
  an das Kuratorium 103
Abbildung 52 – Kassettendecke mit Bild des „Heiligen
  Georg" im heutigen sogenannten Reiterzimmer,
  einem ehemaligen adaptierten Klassenraum 104
Abbildung 53 – Der Festsaal mit den großen
  Wandbildern von der Jagdweltausstellung 106
Abbildung 54 – Brief der Stiftung an Hofrat Krahl
  über die Aufnahme von Personen
  in das Lokalkomitee 1914.................... 107
Abbildung 55 – Brief der Stiftung
  an die Bezirkshauptmannschaft 111
Abbildung 56 – Jahrgang 1927/28 im Innenhof
  des Landschlosses vor der Wappenwand 112
Abbildung 57 – Jahrgang 1932/33 vor dem Tor,
  noch mit der Keramiktafel der Stiftung
  Forstschuldirektor Jung in der ersten Reihe
  sitzend der Sechste von links 113
Abbildung 58 – Jahresbericht der
  Försterschule 1933 115
Abbildung 59 – Der Judasbrief des
  Forstschuldirektors Jung 120
Abbildung 60 – Weiterverkauf des Landschlosses
  an das Deutsche Reich 121
Abbildung 61 – Unterschriften von Kursteilnehmern
  an einem Forstkurs 1940 122
Abbildung 62 – Försterschuljahresbericht 1944 123
Abbildung 63 – Die nahezu militärische Eröffnung
  der Waldbauernschule 1940 124
Abbildung 64 – Waldbauernschulung
  während des Krieges 127
Abbildung 65 – Waldbauernkurs im April 1945
  kurz vor Kriegsende 127

Abbildung 66 – Die ehemalige Forstkanzlei
   im Seeschloss 129
Abbildung 67 – Schreiben Forstschuldirektor Winklers
   an die amerikanische Besatzung 132
Abbildung 68 – Jahrgang 1955 der Försterschule Ort,
   in der ersten Reihe Mitte Winkler,
   links von ihm der Abteilungsleiter
   für das forstliche Schulwesen 134
Abbildung 69 – Das Memorandum
   der Finanzprokuratur aus dem Jahre 1965 139
Abbildung 70 – Auszüge aus dem vielseitigen
   Memorandum aus dem Jahre 1965 140
Abbildung 71 – Die Keramiktafel der Stiftung
   über dem Eingang zum Landschloss Ort 142
Abbildung 72 – Das Seeschloss mit Gmunden 145
Abbildung 73 – Ein Schild vor dem Landschloss
   als Hinweis auf die Fernsehserie 146
Abbildung 74 – Der Haupteingang zum Landschloss
   mit dem schmiedeeisernen Abschluss
   statt der Keramiktafel. 151
Abbildung 75 – Prospekt über die Fernsehserie 152

Anmerkungen

1 Kleindel, Österreich, S. 16 ff.
2 Österreich-Lexikon, S. 868 u. S. 1101
3 Geschichte des Landschlosses Ort
4 Österreich-Lexikon, S. 839 u. S. 868
5 Österreich-Lexikon, S. 236/237 u. S. 309
6 Forstverein f. OÖ u. S., Der Wald, S.
7 Österreich-Lexikon, S. 549 u. S. 728 ff.
8 Forsthuber, Von der Salzstraße zur Schienenbahn, S. 27/28
9 Forsthuber, Von der Salzstraße zur Schienenbahn, S. 24/26 u. S. 31
10 Mitis, Das Leben des Kronprinzen Rudolf, S. 215
11 Hamann, Kronprinz Rudolf Der Weg nach Mayerling, S. 366/367
12 Hamann, Kronprinz Rudolf Der Weg nach Mayerling, S. 377 ff.
13 Mitis, Das Leben des Kronprinzen Rudolf, S. 209/210
14 Mitis, Das Leben des Kronprinzen Rudolf, S. 212 ff.
15 Mitis, das Leben des Kronprinzen Rudolf, S. 208
16 Mitis, Das Leben des Kronprinzen Rudolf, S. 341 ff.
17 Szittya, Selbstmörder, S. 261 u. S. 264 ff.
18 Larisch-Wallersee, Meine Vergangenheit, S. 240 ff.
19 Schaffelhofer, Johann Orth, S. 127 ff.
20 Weissensteiner, Ein Aussteiger aus dem Kaiserhaus, S. 255

21 Stefanetti-Kojrowicz, En Ciencia Politica
22 Neue Wiener Tagblatt, 01.01.1933
23 Schaffelhofer, Johann Orth, S. 203/204
24 Weissensteiner, Ein Aussteiger aus dem Kaiserhaus, S. 259
25 Schaffelhofer, Johann Orth, S. 181
26 Neue Wiener Tagblatt, 11.11.1890
27 Haus-, Hof- und Staatsarchiv, MdKH, K 14
28 Haus-, Hof- und Staatsarchiv, Gr. IIIB, Nr. 125b, K. 446
29 Österreichische Forstzeitung, 07/1994, S. 12
30 Österreichische Forstzeitung, 07/1994, S. 15
31 Österreichische Forstzeitung, 07/1994, S. 13
32 Pawlowsky u. Wendelin, Die Republik und das NS-Erbe, S. 122
33 Archiv der FAST Ort
34 Archiv der FAST Ort

Literaturverzeichnis

Archiv der FAST Ort
Corti, E.C. Conte: Mensch und Herrscher, **Graz 1952**
Corti, E.C. Conte: Der alte Kaiser, **Graz 1955**
Dickinger, Christian: Habsburgs schwarze Schafe,
  München 2007
Forsthuber, Gerhard: Von der Salzstraße zur
  Schienenbahn, **Linz 1987**
Forstverein für Oberösterreich und Salzburg: Der Wald,
  Salzburg 2005
Geschichte des Landschlosses Ort, FAST Ort,
  unveröffentlicht o. JZ.
Gmundner Wochenblatt: Das Testament Johann Orths,
  Gmunden 13.06.1911
Gmundner Wochenblatt: Der Nachlass J. Orths,
  Gmunden 28.10. u. 18.11.1913
Größing, Sigrid-Maria: Kronprinz Rudolf, **Wien 2000**
Hamann, Brigitte: Elisabeth, **Wien 1981**
Hamann, Brigitte: Kronprinz Rudolf,
  Der Weg nach Mayerling, **Wien 2005**
Hamann, Brigitte: Kronprinz Rudolf,
  „Majestät, ich warne Sie ...", **Wien 1998**
Haus-, Hof- und Staatsarchiv, OMaA, Gr. IIIB, Nr. 125,
  K. 426
Haus-, Hof- und Staatsarchiv, OMaA, Gr. IIIB, Nr. 125b,
  K. 446

Haus-, Hof- und Staatsarchiv, MdKH, K 14
Judtmann, Fritz: Mayerling ohne Mythos, **Wien 1982**
Kleindel Walter: Österreich,
  Daten zur Geschichte und Kultur, **Wien 1978**
Königslöw, Joachim von; Ferdinand von Bulgarien,
  München 1970
Larisch-Wallersee, Marie-Luise von:
  Meine Vergangenheit, **Berlin 1913**
Lexikon für Österreich in 20 Bänden, **Mannheim 2006**
Mitis, Oskar Freiherr von:
  Das Leben des Kronprinzen Rudolf, **Wien 1971**
Neue Freie Presse, Zeitung: Artikel über Orths Abschied,
  Wien 14.06.1925
Neues Wiener Journal, Zeitung:
  Artikel über Rudolfs Tod, **Wien 27.01.1929**
Neues Wiener Journal, Zeitung: Brief an Laaba,
  Wien 7.04.1929
Neue Wiener Tagblatt, Zeitung: Artikel zur Bulgarien-
krise, **Wien 10.11.1986**
Neue Wiener Tagblatt, Zeitung:
  Testament Kronpr. Rudolf, **Wien 24.12.1924**
Neue Wiener Tagblatt, Zeitung: Meldung über
  Schiffsunfall, **Wien 11.11.1890**
  Neue Wiener Tagblatt, Zeitung: Abschiedsbrief,
Wien 01.01.1933
Österreichische Forstzeitung: 75 Jahre Forstausbildung
  in Ort, **07/1994**
Österreich-Lexikon des Österreichischer
  Bundesverlages:, **Wien 1966**
Pawlowsky, V. u. Wendelin, H.: Die Republik und das
  NS-Erbe, **Wien 2005**
Pollak, Heinrich: Erzherzog Johann, **Wien 1901**
Praschl-Bichler, Gabriele: Die Habsburger in Bad Ischl,
  Graz 2003

Reisenbichler, A.: Aus Gmundens vergangenen Tagen,
    Linz 1960
Schaffelhofer, Hans: Johann Orth, **Wien–Krems 1952**
Stefanetti-Kojrowicz, Claudia: En Ciencia Politica,
    Buenos Aires 2001
Szittya, Emil: Selbstmörder, **Budapest 1925**
Walterskirchen, Gundula:
    Blaues Blut für Österreich, **Wien 2000**
Weissensteiner, Friedrich: Die Rote Erzherzogin,
    Wien 1982
Weissensteiner, Friedrich:
    Ein Aussteiger aus dem Kaiserhaus, **Wien 1985**
Weissensteiner, Friedr.: Reformer, Republikaner und
    Rebellen, **Wien 1987**

Der Autor

Fritz Ernst Schreiner, geboren 1952 in Wien, war nach seinem Studium der Forstwirtschaft über 20 Jahre im praktischen Forstdienst tätig. Seit seiner Lehrtätigkeit an land- und forstwirtschaftlichen Schulen in Österreich beschäftigt er sich intensiv mit der Geschichte wertvoller Baudenkmäler des ländlichen Raumes und hat mehrere Tausend Seiten Material dazu erarbeitet. Während seiner Leitung der Forstausbildung im Landschloss Orth konnte ein Verkauf dieses Baujuwels verhindert werden.

Der Verlag

Der im österreichischen Neckenmarkt beheimatete, einzigartige und mehrfach prämierte Verlag konzentriert sich speziell auf die Gruppe der Erstautoren.
Die Bücher bilden ein breites Spektrum der aktuellen Literaturszene ab und werden in den Ländern Deutschland, Österreich, Schweiz und Ungarn publiziert.
Das Verlagsprogramm steht für aktuelle Entwicklungen am Buchmarkt und spricht breite Leserschichten an.
Jedes Buch und jeder Autor werden herzlich von den Verlagsmitarbeitern betreut und entwickelt.
Mit der Reihe „Schüler gestalten selbst ihr Buch" betreibt der Verlag eine erfolgreiche Lese- und Schreibförderung.

Manuskripte herzlich willkommen!

novum publishing gmbh
Rathausgasse 73 · A-7311 Neckenmarkt
Tel: +43 2610 43111 · Fax: +43 2610 43111 28
Internet: office@novumpro.com · www.novumpro.com

AUSTRIA · GERMANY · HUNGARY · SPAIN · SWITZERLAND